**La crítica ha dicho:**

«Una de las escritoras estadounidenses más queridas por su novela *Matar a un ruiseñor*, que se convirtió en un referente en la literatura norteamericana».

*The New York Times*

«Maycomb se convirtió en lo que años después también fue Macondo: un lugar ficticio, que situamos y guardamos en nuestro imaginario y que se convierte en parte imprescindible de nuestra cultura popular».

Rocío Niebla, *El Diario*

«La escritora que describió como pocos el sur profundo de Estados Unidos, el de la segregación, el racismo y la pobreza».

Francesc Peirón, *La Vanguardia*

«Un talento narrativo insólito que mezclaba la mirada ingenua de una niña —Scout, *alter ego* de Harper Lee— con un bisturí afilado para diseccionar el pecado original de la democracia estadounidense: el racismo y sus distantes expresiones».

Marc Bassets, *El País*

«Un icono de la literatura moderna».

Inés Martínez, *Harper's Bazaar*

«La mujer que mejor relató la llamada "América profunda" del sur de Estados Unidos y sus conflictos, todavía latentes, con una mirada tan inocente como ingeniosa».

EFE

# La tierra del dulce porvenir

# La tierra del dulce porvenir

## Cuentos y ensayos

Harper Lee

Edición y prólogo de Casey Cep

Traducción del inglés de
Eugenia Vázquez Nacarino

VINTAGE ESPAÑOL

Título original: *The Land of Sweet Forever. Stories and Essays*

Primera edición: noviembre de 2025



Impreso en Colombia / *Printed in Colombia*

ISBN: 979-8-89098-512-5

# Prólogo

Cuando en el verano de 1960 se publicó *Matar a un ruiseñor* dio la impresión de que surgiera de la nada, como una Atenea de Alabama: una novela construida a la perfección por una escritora sureña desconocida, sin precursores o antecedentes obvios. El libro conseguía ser al mismo tiempo de apremiante actualidad e instantáneamente atemporal, pues trataba los asuntos más turbulentos de la época, desde el Movimiento por los Derechos Civiles hasta la revolución sexual, a la vez que hablaba en el registro de lo eterno, desde el despertar moral de los niños y el pertinaz amor de las familias hasta las fricciones entre el individuo y la sociedad.

Pero nadie escribe sin influencias ni aspiraciones: Harper Lee venía de alguna parte, por supuesto, y trabajó con tremendo ahínco para llegar a ser alguien. Era el hecho de que no le gustara hablar de sí misma lo que envolvía sus orígenes en un halo de misterio, e, inevitablemente, cuanto mayor era la acogida que recibía *Matar a un ruiseñor* —que se convirtió en un éxito de ventas y después ganó el Premio Pulitzer, hasta alcanzar el millón de ejemplares vendidos, que pasarían a ser diez millones y luego cuarenta—, más teorías y rumores corrían para llenar su silencio. En los años sucesivos a la publicación del libro, la imagen pública de Lee oscilaba entre dos de sus entrañables personajes: bien era la encarnación viviente de su protagonista peleona y asilvestrada, Jean Louise «Scout» Finch, o, en su aparente aire solitario, una versión de aquella figura sombría y huraña, Arthur «Boo» Radley. A falta de respuestas de la propia autora, quién era en realidad y cómo se convirtió en escritora eran cuestiones que eludían la típica forma de la biografía y se adentraban en el terreno de la mitología.

Qué emocionante, pues, encontrar esta cápsula del tiempo de los comienzos de la carrera de Lee: una colección de algunos de sus cuentos más tempranos, en forma de libro por vez primera, que ayudan a explicar cómo la niña de South Alabama Avenue se convirtió en una autora de enorme éxito que encandiló a generaciones de lectores del mundo entero. Esbozados una década antes de *Matar a un ruiseñor*, después de que Lee se mudara a la ciudad de Nueva York, en 1949, estos relatos, las ocho primeras piezas de este volumen, presentan a algunos de los personajes y escenarios que pronto Lee haría famosos y que revelan algunas de las contradicciones y los conflictos que ella se pasaría la vida tratando de resolver.

Nelle Harper Lee nació el 28 de abril de 1926, la última de los cuatro hijos de Amasa Coleman Lee y Frances Cunningham Finch. Con quince años menos que la mayor de sus hermanas, creció con la sensación de gozar de una infancia para ella sola en el pueblo de Monroeville, Alabama, a unos ciento cincuenta kilómetros al sur de Montgomery y a cien años luz de Manhattan. Dado que sus hermanos eran mucho mayores que ella, vio como uno por uno cumplían los sueños de sus progenitores: una respetable carrera jurídica tras los pasos de su padre para su hermana Alice; heroico servicio militar en la Segunda Guerra Mundial para su hermano Edwin; un matrimonio lleno de amor y la vida del ama de casa para su hermana Louise. Durante mucho tiempo Lee tuvo la sensación de que sería la oveja negra de la familia: dejó la Universidad de Alabama a un semestre de graduarse para marcharse al disoluto Norte y abandonar la carrera de Derecho que habría permitido a su padre añadir una *s* a la placa del bufete. Sin embargo, aunque el destino no quiso que existieran A. C. LEE E HIJAS, y Lee no llegaría a licenciarse, con el tiempo creó al abogado más admirado de Estados Unidos.

Aun cuando Lee no estudió nunca formalmente creación literaria, pasó varios años en Tuscaloosa adiestrándose de manera autodidacta en el oficio de escribir. Publicaba con regularidad una columna en el periódico universitario, *The Crimson White*, y contribuía con caricaturas a la revista humorística estudiantil, *Rammer Jammer*, que más adelante dirigiría. Incluso entonces, su curiosidad cambiante y su alcance intelectual se plasmaban sobre la página —en una reseña de películas británicas recientes, una parodia de Shakespeare, una caricatura del secretario de admisiones, una sátira del periódico local del que su padre era propietario y editor— y su firma siempre suponía transitar por caminos insólitos: lo que venía a continuación era espinoso e irreverente, como la propia Nelle, tal como la conocían entonces. Una chi omega que corregía a las chicas de su hermandad siempre que pronunciaban mal una palabra, Lee llevaba vaqueros azules y bermudas en una época en la que se disuadía a las mujeres de ponerse cualquier cosa que no fuese un vestido, soltaba más maldiciones que la tripulación del USS Enterprise, y una vez escandalizó a todo el campus por fumarse un puro sentada en el capó de un coche en el desfile de bienvenida.

Lee apenas conocía a una única persona en Nueva York cuando se fue a vivir allí a la edad de veintitrés años, pero era nada más y nada menos que Truman Capote, que de niño había vivido un tiempo en la casa contigua a la suya y más adelante le serviría de modelo para el esmirriado y pícaro Charles Baker Harris, el «Dill» de su novela. Los incipientes autores se sentían «distintos», según diría Capote más adelante, puesto que sabían leer antes que sus compañeros y jugaban con el lenguaje a la manera que otros jugaban con las muñecas y los balones de fútbol. Los dos se confabulaban para escribir aventuras, cuentos fantásticos y poemas como los que tanto les gustaba leer, desde los gemelos Bobbsey hasta el Beowulf, y desde los Rover Boys hasta Rudyard Kipling, aporreando la máquina de escribir que A. C. Lee le había regalado a su libresca hija menor.

En lugar de ir a la universidad, Capote había empezado directamente a trabajar de aprendiz en *The New Yorker*. Unos años después, Lee también consiguió un empleo en el mundo de la prensa, aunque ni de lejos en una publicación tan célebre: mientras que Capote se las había ingeniado para escandalizar a Harold Ross, director del periódico, por llevar capa, y para molestar a Robert Frost interrumpiendo uno de sus recitales de poesía, a ella le tocó hacer frente a las farragosas correcciones de los calendarios de las conferencias y las noticias académicas para la revista mensual de la American School Publishing Corporation, un boletín del gremio editorial llamado *The School Executive*. Al final dejó ese puesto por otro como encargada de reservas de una compañía aérea, un trabajo menos literario, aunque en teoría más glamuroso. No podía decirse lo mismo del resto de su vida: en el tiempo libre que le dejaba aquel empleo de nueve a cinco, alimentándose a base de sándwiches de mantequilla de cacahuete, esbozaba relatos en un escritorio que ella misma se hizo con dos viejas cajas de manzanas y una puerta que encontró en el sótano de su edificio.

Sobre aquella precaria superficie, Lee fue ganando poco a poco un pulso firme en sus textos. «Creo que mi mayor talento es la escritura creativa —sugería en una carta a su familia, en confianza y confiada—, y creo que me puedo ganar la vida con eso». Igual que tantos autores en ciernes, al principio recurrió a esa familia y a su propia infancia en busca de material, y los primeros tres relatos de esta colección pasan por una serie de jóvenes narradores para explorar las costumbres sociales, las mínimas transgresiones y la confusión moral de lo que, en una de sus historias posteriores, describirá a la perfección como «la sociedad secreta de la infancia». Los pilares de «El depósito de agua», «Los prismáticos» y «Las tijeras dentadas», escritos todos antes de que cumpliera los treinta, están profundamente circunscritos —la aprobación de los padres y la aceptación de los demás niños—, y tampoco hay grandes antagonistas: maestras de escuela, hermanos, corrillos en el patio.

Los tres cuentos siguientes, en cambio, se desarrollan todos en Nueva York, con narradores adultos, y se intuye a Lee tratando de seguir en la línea de un Salinger o un Cheever. Aun así, ese trío de relatos —«Pienso a espuertas», «Espectadores y espectáculos» y «¿Así es la industria del entretenimiento?»— nos permite ver cómo se mueve más allá del incidente para adentrarse en la trama, a la vez que experimenta con distintas voces narrativas, que adoptan la forma no propiamente experimental de un monólogo tragicómico sobre una amiga que hubiera debido medicarse, la algarabía del público en una sala de cine del Upper East Side y las conversaciones de dos cuasidesconocidas en el teatro aristotélico de un coche al ralentí.

A la gente todavía le sorprende saber que Lee pasó la mayor parte de su vida en la ciudad de Nueva York, sacando libros prestados de la Society Library, asimilando exposiciones de la Colección Frick y pegándose una caminata hasta Queens para ver los partidos de los Mets, y tiene algo asombroso y sublime leer sobre las frustraciones de la gran rapsoda de la vida de un pueblo en la América rural para encontrar un sitio donde aparcar en Manhattan, que suenan tal cual como una Seinfeld sureña.

Aparecen en estos relatos personajes tomados directamente de la vida personal de Lee. Una responde al apodo con el que la llamaban en familia, Dody; otros llevan los nombres de sus hermanos, Edwin, Alice y Louise; algunos son versiones apenas disimuladas o del todo evidentes de amigos suyos, incluida la futura alcaldesa de Monroeville, Anne Hines. Incluso la que sería la esposa de su hermano aparece con su verdadero nombre: Sara Ann McCall, que de niña, en la vida real, haría de jamón en la función de productos agrícolas que Lee más tarde tomaría prestado para una escena crucial al final de *Matar a un ruiseñor*. La hermana mayor de Lee, Alice, a quien toda la familia apodaba «Bear», se transforma aquí ligeramente en «Doe», pero se mantiene reconocible al instante a pesar del nombre: «Tan solo sentía cariño por tres cosas en este mundo: el estudio y la práctica del Derecho, las camelias y la Iglesia metodista».

Al igual que la hospitalidad o los pastelillos empapados de licor típicos de Alabama, los nombres son una especialidad sureña, y Lee tenía ya un oído fino para inventárselos con gran fruición cuando no los escamoteaba de aquí o de allá. Encontramos en estos cuentos a una tal Eddie May Ousley, una «repetidora» a la que mantenían a raya en la escuela; un par de maestras llamadas señorita Busey y señorita Turnipseed; y el hermano Q W Tatum, predicador, sin puntos detrás de las iniciales, por favor, y con su caterva de nueve hijos: Haniel, Job, Habakkuk, Matrid, Jezebel, Mary, Emmanuel, y los mellizos Hosea y Hosannah.

El nombre por el que más se conoce a Harper Lee aparece por primera vez en «Las tijeras dentadas», cuando nos presenta a «la pequeña Jean Louie», una alborotadora de tercer curso a la que curiosamente le falta una *s*. Por el momento el más familiar «Louise», que era el nombre de pila de su hermana mediana, va unido a otro personaje, una chica que se apellida Finley: una desventurada adolescente del instituto cuyo embarazo escandaliza a toda la clase de sexto en «El depósito de agua». En ambas historias, las jóvenes pugnan con las expectativas de sus madres, padres y vecinos, aunque el tono de Lee es menos sombrío que alegre, como corresponde a estas comedias costumbristas en miniatura. La narradora de «El depósito de agua» se pasa todo el relato preocupada pensando que va a tener un bebé porque poco después de que le venga el periodo por primera vez abrazó a un chico que iba con los pantalones bajados. En «Las tijeras dentadas», Jean Louie Finch, confundida por las expectativas de acicalamiento según el género, acaba castigada por cortar la melena enmarañada y larga hasta la cintura de una compañera de clase a raíz de las objeciones del tiránico y veterotestamentario padre de esa chica.

Cuando llegamos al último de los cuentos que aparecen en esta colección, la señorita Finch se ha convertido oficialmente en «Jean Louise», aunque todavía no se apoda «Scout». Quienes mejor conocían a Harper Lee evocan su feroz inteligencia, y uno de los placeres de este relato final es ver cómo da rienda suelta en la página a su brillante viveza: una historia tan cargada de alusiones que ni siquiera se espera que los lectores la entiendan. El título, «La tierra del dulce porvenir», proviene de un himno, y buena parte de la trama, como si estuviera sacada de Thackeray o Trollope, trata con mucha gracia sobre la himnodia. Ahora adulta, Jean Louise está de lo más versada en los teólogos anglicanos menores, se pone lapidaria sobre el ritmo que debe seguir la Doxología y quisquillosa ante cualquier atentado contra la tradición, quejándose medio en broma medio en serio de que «nuestros hermanos del Norte no se contentan solo con las actividades de la Corte Suprema: ahora también quieren que cambiemos nuestros himnos».

Lee habla con gracia y una formidable sagacidad del consuelo y la claustrofobia simultáneos de volver al hogar de la infancia como adulta, o de cualquier otro lugar asociado a la niñez, aunque sea una iglesia. Cuando escribió «La tierra del dulce porvenir» sabía bien lo que eran esos regresos, puesto que llevaba ya muchos a cuestas. Dos años después de que se mudara a Nueva York, el verano de 1951, su padre la telefoneó desde el Vaughan Memorial Hospital de Selma para decirle que a su madre le habían diagnosticado cáncer de hígado y pulmón. Antes siquiera de que le diese tiempo a preparar el viaje, A. C. la llamó de nuevo para anunciar que Frances había muerto de un episodio cardiaco solo un día después de recibir el diagnóstico; gracias a que Lee estaba trabajando aún en una compañía aérea pudo regresar a tiempo para el funeral.

Seis semanas después, a aquella primera espantosa llamada telefónica le siguió otra, esta vez para informarla de que su querido hermano Edwin, en quien se había inspirado para el personaje de Jem, había muerto a raíz de un aneurisma cerebral, en la base de las Fuerzas Aéreas de Montgomery donde estaba destinado, dejando esposa y dos hijos pequeños. Lee volvió de nuevo en avión a casa, desbordada ahora por una pena y una conmoción que ya eran considerables. Tenía solo veinticinco años, pero captar la esencia de su infancia nunca le había parecido más apremiante, en parte porque, como menciona en «El no va más», su padre y su hermana mayor pronto vendieron la casa familiar donde había nacido y se había criado, para mudarse a una vivienda más moderna en la otra punta del pueblo. Mientras Alice seguía haciendo el breve recorrido desde allí hasta el bufete y la plaza del juzgado, A. C. se quedaba en casa tratando de recuperarse: desolado, aquejado de artritis y pronto también de problemas cardiacos.

A dos personas tan caseras, el traslado no les ayudó a escapar de los fantasmas de South Alabama Avenue, y a Lee también la asediaban los recuerdos de su madre, su hermano y el mundo tal como era antes de que ambos murieran. La preocupaba su padre, y volvía a casa con frecuencia para ayudar a Alice con los cuidados. Además, empezó a escribir historias que aspiraban a conciliar el hogar que había elegido con el de su niñez, fusionando la subjetividad de sus relatos de Manhattan con el trasfondo de sus relatos de Monroeville, una especie de labor de integración que intentaba llevar a cabo tanto dentro como fuera de la página.

En esa época las ideas políticas de Lee aún estaban cobrando forma, en especial cuando se trataba de las problemáticas morales más acuciantes de la época. La larga lucha por los derechos civiles se estaba expandiendo por toda la nación, pero adoptaba un sesgo más controvertido en el Sur profundo, y, como tantos estadounidenses blancos, Harper Lee no sabía muy bien cómo posicionarse. En su pueblo natal persistía la segregación racial a rajatabla, tanto en las escuelas y las iglesias como en los restaurantes; su propio padre había escrito editoriales en el periódico oponiéndose a las leyes federales antilinchamientos, abogando por la condena de los llamados «chicos de Scottsboro», acusados injustamente de violar a dos mujeres blancas, y cuestionando que un departamento de educación nacional pudiera imponer el fin de la segregación en las escuelas.

La incipiente sensibilidad política de Lee divergía de la de su padre, pero faltaba ver hasta qué punto. En la universidad había escrito algunos artículos acerca de los horrores de la violencia racial y se sentía cómoda entre los radicales del periódico estudiantil, aunque pasarían casi veinte años antes de que Vivian Malone y James Hood integraran con valentía la Universidad de Alabama. Al llegar a Manhattan, sin embargo, Lee se asentó en una sociedad más diversa de la que hubiera conocido jamás, y bromeaba con unirse a la NAACP (siglas en inglés de la Asociación Nacional para el Progreso de las Personas de Color). Incluso sus amigos sureños allí estaban completamente readaptados, y ella se amoldó muy deprisa a la integración de la vida cotidiana, desarrollando a la par un sentido de superioridad moral que se llevaba consigo cuando iba a Alabama. «Preferí no recordarle a Dow que había vivido los últimos siete años en la ciudad de Nueva York —escribe Lee en «El no va más»—, donde entre otras cosas más de ocho millones de personas gozan de las bondades de la democracia».

Ese relato —concluido a principios de 1957, tres años después de que la Corte Suprema dictara sentencia en el caso *Brown contra el Consejo de Educación*, y unos meses antes de que el presidente Eisenhower firmara la primera Ley de Derechos Civiles desde la Reconstrucción— aborda de lleno las relaciones raciales. Es la historia de dos hermanas que viven en un pueblecito, claramente Lee y su hermana mayor, Alice, que apenas ha salido de Monroeville más que para ir al instituto en Montgomery y a la facultad de Derecho en Birmingham, que se ven sumidas en la perplejidad por su jardinero, Arthur, «un yanqui negro», cuyo talento para la horticultura y su pasado delictivo por momentos despiertan los prejuicios, la curiosidad y la lástima de ambas.

Lee fue visionaria al reconocer que el Movimiento de los Derechos Civiles no era solo una cruzada abstracta por la justicia, sino una serie de confrontaciones directas entre vecinos; su éxito dependía de cambiar las reglas tanto como de cambiar la naturaleza y los términos de las relaciones reales. Esa convicción quedaría bellamente plasmada sobre la página en *Matar a un ruiseñor*, lo que ayuda a entender la gran acogida de la novela, no solo desde un punto de vista comercial sino también cultural: Atticus, ese ejemplo de valor moral para sus hijos, se convirtió en un modelo moral para los lectores, un recuerdo de que cada interacción del ser humano presenta la oportunidad de obedecer los mejores ángeles de nuestra naturaleza.

En «El no va más», sin embargo, Lee ni siquiera ha desentrañado aún la relación con su familia de origen, mucho menos sus sentimientos acerca de la lucha por la justicia social. En un momento dado, cuando la narradora de la historia reconoce por fin su incomodidad con Arthur, el jardinero, confiesa:

> no me acostumbraba a tratar tan de cerca con un negro emancipado, y demostraba que por más tiempo que llevara viviendo fuera, yo siempre sería de Maycomb, Alabama, ante lo que guardaba un silencio impropio en mí, puesto que Doe era una segregacionista redomada y yo no, y lo último que quería era una

discusión que me distanciara de la única familia que me quedaba. Supongo que a estas alturas mucha gente domina como yo la primera lección de vivir en casa: si no te gusta lo que oyes, pon la lengua entre los dientes y muerde con fuerza.

En última instancia es un relato perturbador porque, en las líneas finales, la narradora sigue su propio consejo, pues empieza a hablar, pero luego opta por lo que podría ser una condena silenciosa, aunque bien podría ser un silencio cómplice.

A lo largo de los borradores escritos a mano y las versiones mecanografiadas de estos cuentos, Lee dejó correcciones: muchas son los retoques y los tachones y los cambios que cabe esperar en cualquier obra en marcha, pero algunas suponen revisiones más significativas. En una de las páginas iniciales de «El depósito de agua», con un bolígrafo rojo sustituyó «condado de Monroe» por «condado de Maiben», una primera tentativa de hacer de su Monroeville natal un mundo ficticio donde la transformación moral pudiera ser posible. Cuando llegamos a «El no va más», Maiben se ha convertido oficialmente en Maycomb, que pronto sería uno de los pueblos más célebres de las letras estadounidenses.

Otro tipo de mapa emerge también de estos manuscritos. Dado que enviaba los relatos a distintos sitios con la esperanza de que se los publicaran —revistas modestas como *Tomorrow* y pilares literarios como *Harper's Bazaar* o *The New Yorker*, cuya carta de rechazo conservó—, Lee anotaba su dirección en la página del título de cada uno, de manera que, en conjunto, sirven para rastrear sus primeros años frenéticos en Manhattan: al principio en un piso sin agua caliente en el 1540 de la Segunda Avenida en el Upper East Side, luego una habitación en el Hotel Wolcott, en el Midtown, donde en otro tiempo vivieron Edith Wharton y Mark Twain; después en un tercero sin ascensor en el 1539 de York Avenue, donde pagó unos veinte dólares al mes durante cinco años, y donde escribió *Ve y pon un centinela* y *Matar a un ruiseñor*.

Durante mucho tiempo, estos cuentos solo fueron títulos tentadores mecanografiados en una ficha emborronada y manchada en los archivos de sus agentes, Annie Laurie Williams y Maurice Crain. Uno de los cuentos todavía tiene una tarjeta con la dirección de la agencia de Crain sujeta a la primera página. «Lee, Nelle Harper, señorita», anotó hace mucho tiempo una secretaria, cuando pasó a dejar unos manuscritos unos días después de Acción de Gracias en 1956, que pasó a buscar al cabo de una semana. «La autora es una simpática joven sureña de Alabama —había escrito el propio Crain en un bloc de notas de la agencia—. Dice No, señora y Sí, señora». Ninguna de las historias apuntadas en los archivos se publicaron, y durante décadas estudiosos y biógrafos se preguntaron qué había sido de ella. Cuatro aparecen por fin aquí; junto con los cuatro restantes, se encontraron en el último apartamento neoyorquino de la novelista, este en el 433 de la calle Ochenta y dos Este, adonde se mudó el año en que se publicaba *Matar a un ruiseñor* y donde vivió otras cuatro décadas hasta que una embolia la mandó definitivamente de vuelta a su Alabama natal.

Felizmente para la posteridad, Lee no tiraba nada: cuando vaciaron su apartamento, entre las pilas de su correspondencia y casi cada resguardo de pago, factura de teléfono y cheque cancelado que le hubiesen dado jamás, estaban sus cuadernos y manuscritos, incluidos los ocho cuentos y las ocho piezas de no ficción que se recogen aquí. Estos ensayos exploran algunos de los mismos temas que recorren sus relatos, con reflexiones sobre la infancia, la familia, la amistad, la historia sureña, la vida del espíritu y la estatura moral, por así llamarla, de Estados Unidos. A diferencia de los textos narrativos, los de no ficción se habían publicado todos con anterioridad: Lee escribió para *Vogue*; participó en un libro de cocina junto con Lillian Hellman, William Styron y Marianne Moore; cantó alabanzas sobre su historiador favorito; hizo perfiles de sus célebres amigos Gregory Peck y Truman Capote; y contó en *O Magazine* la historia de cómo aprendió a leer. Un poco cascarrabias a esas alturas con su papel de venerable eminencia de las letras, adoptó el mismo tono mordaz que en el Comentario Cáustico de sus columnas en el periódico de la facultad cuando escribió: «Oprah, ¿te imaginas acurrucarte en la cama para leer de un ordenador? Llorar por Anna Karenina y aterrorizarte con Hannibal Lecter, entrar en el corazón de las tinieblas con el señor Kurtz, que Holden Caulfield te llame por teléfono... Algunas cosas deberían suceder en las suaves páginas, no en el frío metal».

Estos ensayos dejan claro que, en las décadas que vinieron después de *Matar a un ruiseñor*, Lee gozó de la carrera que siempre había deseado, aun cuando sus fans nunca consiguieron que siguiese la carrera que esperaban. Su obra maestra se llevó a la gran pantalla con una película premiada y de inmenso éxito, nunca se ha descatalogado y se tradujo a docenas de idiomas, desafiando límites y fronteras y consolidándose tanto en los planes de estudio como en las estanterías de millones de hogares alrededor del mundo entero. Pero nunca escribió la secuela o la segunda novela que tantos de sus admiradores ansiaban, y cuando a la edad de ochenta y nueve años publicó por fin otro libro, fue *Ve y pon un centinela*, el primero que había escrito, y que originalmente envió a posibles editores el mismo año que «Los prismáticos».

«Soy más reescritora que escritora», dijo Lee en una ocasión, al explicar que por lo general al trabajar hacía un mínimo de tres borradores de cualquier texto. Así da la medida de la dedicación que ponía en su trabajo y, al menos en sus inicios, de lo disciplinada que era. «Suelo dedicarle una buena jornada todos los días», contaba por carta a una de sus hermanas en octubre de 1950: «Si cobrara las horas extras, sería rica». A continuación, pasaba a describir un típico día de escritura en esa época:

[Extracto de la carta]

A partir de mediodía trabajo en el primer borrador. Para la hora de la cena habitualmente he conseguido plasmar la idea sobre el papel. Entonces hago una pausa para tomar un sándwich o un plato decente, según si tengo que seguir dándole vueltas al relato o simplemente acabarlo. Después de cenar trabajo en un segundo borrador, que a veces supone despedazar la historia y volver a montarla de una manera completamente distinta, o me limito a seguir puliendo hasta que queda tal como quiero que sea. Luego la paso a máquina en folios blancos, conforme a las normas editoriales para los manuscritos, y salgo a mandarlo por correo. Tal vez suena sencillo, pero a veces he trabajado toda la noche en un texto; suelo acabar sobre las dos o las tres de la madrugada.

Una parte de ese arduo trabajo puede verse aquí, no solo en los manuscritos físicos, sino al comparar los cuentos iniciales con las novelas publicadas. «Los prismáticos», por ejemplo, se abrevió y se adaptó en la digresión pedagógica del segundo capítulo de *Matar a un ruiseñor*, cuando la maestra de primero de Scout se frustra con ella porque sabe leer. Asimismo, «La tierra del dulce porvenir» pasó a ser una escena del capítulo séptimo de *Ve y pon un centinela*, cuando Scout vuelve de Nueva York a casa, a Maycomb.

Pero el título de ese relato también aparece, de un modo menos evidente, en *Matar a un ruiseñor*, cuando Scout y Jem acompañan a su criada negra a la Iglesia Episcopal Metodista Africana Primera Adquisición. Construida por antiguos esclavos, el espacio de la oración fue la «primera adquisición» que hicieron después de emanciparse; en su mayoría iletrada y carente de más dinero para comprar himnarios, la congregación cantaba por invocaciones y letanías, como aún estaba haciendo una generación después cuando Calpurnia lleva a los niños de la familia Finch a la misa dominical. «Hay una tierra al otro lado del río —canta su hijo Zeebo, liderando el coro—, a la que llamamos del dulce porvenir». Lee, ahora en la cumbre de sus capacidades novelísticas, encontró la manera de entrar en un templo ajeno y llevar allí también a sus personajes protagonistas, un raro momento de integración en un mundo rigurosamente dividido. Un himno previamente utilizado con un efecto cómico se convierte aquí en un lenguaje compartido y una esperanza común. Lee describe de forma espléndida la voz del cantor «como el retumbar de una artillería distante», y desde este lado de la historia los lectores saben que lo seguirán las tropas, todos esos valerosos hombres y mujeres que lucharon por la justicia y la igualdad a este lado del cielo.

Hace falta una enorme paciencia e instintos infalibles para destilar un instante tan intenso y conmovedor a partir de un retazo de historia. Entre las primeras páginas de sus manuscritos y los registros de su agencia literaria sabemos que Lee pasó siete años escribiendo y revisando estos cuentos, y entonces, después de que captaran la atención de su agente y de que este la alentara a embarcarse en un proyecto de mayor envergadura, pasó tres años más convirtiendo esas historias en capítulos, y esos capítulos en novelas: primero *Ve y pon un centinela* y luego *Matar a un ruiseñor.*

Todo esto se habría dilatado aún más de no haber sido por un regalo extraordinario que recibió Lee, del que habla en uno de los mejores ensayos que se recogen aquí, «La Navidad para mí». Entre sus amigos más íntimos en Nueva York estaban Michael y Joy Brown, un matrimonio que desde hacía tiempo respaldaba su carrera. Fue Michael Brown, célebre letrista y compositor, quien le presentó a Lee a sus agentes literarios, poco antes de Acción de Gracias en 1956, y tanto él como su esposa se deleitaban en sus relatos y en las sensacionales cartas que les mandaba desde Alabama cuando iba a casa: pequeñas obras maestras de la forma epistolar, repletas de detalles y divertidas, con una gran sagacidad sociológica y una ternura sorprendente.

Los Brown y Lee tenían la costumbre de pasar juntos la Navidad, y habían convertido en tradición ver quién daba con el regalo más excepcional por menos dinero. Aquel año, Lee se había gastado treinta y cinco centavos en el retrato de un desconocido clérigo inglés para Michael y un ejemplar de saldo de las obras completas de una aristócrata británica ligeramente más conocida. Cuando les tocó a los Brown darle a la novelista su regalo, señalaron un sobre en el árbol. Por fuera parecía tan modesto como cabía esperar, pero en realidad habían roto drásticamente con la tradición: dentro había una nota en la que se leía: «Tienes un año libre de tu trabajo para escribir lo que te apetezca. Feliz Navidad». Aquel mes, y casi cada mes a partir de entonces durante el año siguiente, le extendieron un cheque de cien dólares, cinco veces más de lo que pagaba de alquiler, insistiendo en que no querían nada a cambio.

Durante décadas ese regalo ha sorprendido a muchos, un acto tan generoso que rayaba en el despropósito. Ahora, sin embargo, con el redescubrimiento de estos relatos, se nos permite ver lo que los amigos de Lee vieron tantos años atrás: un padre abogado que todavía no se llamaba Atticus, pero que ya estaba dando forma a unos ideales y enseñando a sus hijos las bases del proceso civil; una compositora de lírica rural que pugna con el impresor del periódico local acerca del decoro y la permisividad teológica de publicar obituarios para las vacas; una hija del Sur que trata de que la impronta de sus costumbres quede grabada en los valores de una moral incipiente; destello tras destello tras destello de talento. No es de extrañar que los Brown hicieran semejante regalo a Harper Lee; no fue más espléndido que el que nos hizo ella.

Casey Cep

which she cultivated silently for three months, and its Methodist Church, where she went every Sunday and sang hymns at the top of her voice.

There is nothing like a blood-curdling hymn to make one feel at home. All sense of isolation withers and dies in the presence of some two hundred sinners earnestly requesting to be plunged beneath a red, redeeming flood. While offering to the Lord the results of Mr. Cowper's hallucination, or declaring it was Love that lifted her, Jean Louise shared the warmness that prevails among diverse individuals who climb into the same boat for one hour each week.

She was totally unprepared for what happened immediately after collection on the Sunday before the Friday she was due to return to New York. Maycomb Methodists sing what they call The Doxology in lieu of the minister praying over the collection plate to spare him the rigors involved in inventing yet another prayer, since by that time he has uttered three healthy invocations. From the time of her earliest ecclesiastical recollection, Maycomb Methodists had sung The Doxology in one way and in one way only:

# Cuentos

# El depósito de agua

Desde donde estaba sentada en el patio de la escuela, Abbie creyó ver el cielo y los campos tostados resplandecer justo donde se tocaban. Demasiado calor para batear la pelota. Gruñó y estiró las piernas bien tiesas sobre la hierba amarilla, preguntándose por qué tenía los dedos gordos tan grandes, desproporcionados en comparación con el resto del pie. No era de esas crías que inspiran caricias, con las uñas mal cortadas en unas manos de dedos romos y nudillos ásperos y llenos de cicatrices, a juego con las rodillas. El pelo castaño le caía sobre la frente en un flequillo desgreñado, más largo de la cuenta, y sus enormes ojos estaban hundidos en las cuencas, con unos párpados tan caídos que parecían medio abiertos. Según decían, le daban un aire de perezosa.

Había un montón de chicas repantingadas a su alrededor, descalzas y vestidas con estampados de algodón descoloridos. Eran el Grupo Dos de sexto grado, alumnas de entre quince y dieciséis años, que pasaban la mitad del curso cosechando algodón y aprendían lo que podían el resto: chicas de tobillos recios y tez rubicunda, con las palmas sonrosadas relucientes y el pelo reseco. Las compañeras de Abbie este año eran del Grupo Dos; la tosquedad del habla y la viveza que las distinguía de los otros niños del pueblo la fascinaban. Sin proponérselo, Abbie ofrecía a cambio lo que sus padres querían para ellas: una amiga que iría a la universidad y algún día se casaría con un dentista o un abogado, o que por lo menos volvería a casa y sería secretaria en el Banco del Condado de Maiben.

La más grandota vació con un bufido el aire de los pulmones y gateó hacia Abbie.

—Aparta —dijo—. El suelo está tan caliente que no me puedo ni sentar.

Cuando Maybelle se subió al banco de piedra gris, a Abbie le llegó el olor a colonia Hoyt y sudor.

—Más vale que la señorita Nash no te note ese tufo, Hawkins —dijo.

Maybelle resopló.

—Solo nos prohíbe que nos pongamos perfume porque es ella la que le va detrás a Raymond Walters.

Raymond es el chico más mayor y más alto de la Escuela Primaria del Condado de Maiben: diecisiete años, metro ochenta. Cuando ese curso el Grupo Dos empezó a venir a la escuela con el pelo cardado y la polvera, la señorita Nash pensó que debía atajarlo de inmediato. «Los más pequeños se miran en vosotras, las mayores —les había dicho en una de sus numerosas charlas en privado—, y tenéis una gran influencia sobre todos esos críos, para bien o para mal. Que sea para bien, ¿de acuerdo?».

—A mí no puede hacerme nada —dijo Maybelle, beligerante—. Le arrearía con la azada en el trasero.

Las chicas se rieron con disimulo.

—Bueno, pues más vale que no te acerques a ella hoy. La he visto tomando otra vez esas tabletas que son como de tiza, así que tiene indigestión.

—Por mí a la señorita Nash que la zurzan. Oye, Ab, ¿te has enterado de lo de Louise Finley? Todo el mundo hablaba de ello en el autobús esta mañana. —Los ojos azules de Maybelle centellearon.

—No, ¿quién es?

Maybelle apuntó con un dedo sonrosado hacia el edificio del instituto.

—Está en noveno. Es la hermana mayor de Mildred.

Abbie asintió. Mildred Finley era una cría de cuarto con unos ojos saltones recién llegada de Mexia, que causó sensación el primer día del colegio porque no sabía cómo tirar de la cadena del váter.

—¿Ah, sí? ¿Y qué pasa con ella? —preguntó Abbie.

—Bueno... ¡Eh, las demás, despertaos! ¿Os habéis enterado todas de lo de Louise Finley? —Los vestidos lacios de algodón se acercaron. Maybelle se encorvó hacia ellas y susurró—: ¡Louise Finley va a tener un bebé, y yo sé de quién!

Las chicas soltaron un grito y Maybelle se regodeó. Sus brazos rollizos aplastaron todos los «Quién te lo ha contado» y «Dónde has oído eso».

—Además —continuó—, mañana van a enviar a Louise a un hogar para madres solteras en Mobile. Su padre mandó al sheriff a buscar al chico de los Eddard, claro, que es quien lo ha hecho. El señor Finley se enteró porque Louise se lo contó al doctor Simmons, y él se lo dijo a mi papá y yo oí a papá contándoselo a mamá. A mamá por poco le da un síncope y dijo que era una vergüenza, que clamaba al cielo que el Estado no acabara con esos Finley de una vez, y era culpa del señor Finley por haber dejado que esa chica fuera se desmandara, ¡y dijo que el señor Finley no podría ir nunca más con la cabeza alta! —Maybelle se humedeció los labios—. Una cosa os digo

—continuó despacio—, más vale que a Mildred y Louise Finley no se les vuelva a ver el pelo en la comunidad de Mexia. Es una deshonra para este condado, ¡eso es lo que es!

Abbie sintió náuseas.

—Louise solo tiene tu edad más o menos, ¿no?

—Sí. Le llevo unos meses, creo.

Cuando se desconcertaba, Abbie abría mucho los ojos y se rascaba la nuca.

—Pero ¿cómo va a tener Louise un bebé? Ni siquiera está casada, Maybelle.

Maybelle sonrió a las chicas.

—Pues claro que puede, boba. —Respiró hondo y añadió con suavidad—: Escucha, cariño, a partir de los doce años puedes tener un bebé en cualquier momento. Qué demonios, yo podría haber tenido uno a los once... Si se te arrima un hombre... Abbie, ¿tú no has empezado todavía?

—Sí. Me vino el mes pasado.

—Bueno, entonces tienes que saberlo.

—¿A qué te refieres, Maybelle? ¿Saber qué?

Las manos sudorosas de Abbie estrujaron la orilla del vestido en un sucio guiñapo. El estómago le daba vueltas y notó una sorda pesadumbre sobre los hombros. Las trenzas rubias de Maybelle parecían destacar bruscamente contra el cielo, el edificio del instituto a sus espaldas se tambaleó un poco.

—A ver. —Las trenzas se menearon—. Atiende, y atiende bien: si un hombre te toca después de que te haya venido, ¡tendrás un bebé sí o sí! —remató Maybelle con una palmada en el banco.

Abbie palideció, y oyó su propia voz salir del interior del edificio del instituto.

—¿Quieres decir si un chico te pide...?

—Tal cual. Y si lo haces, tendrás un bebé. —Las trenzas asintieron con aire triunfal—. Esa Louise Finley... eh, ¿qué te pasa, Ab?

Despertó al notar un paño mojado por la cara y la halitosis de la señorita Nash en los párpados. Sintió que la levantaban del suelo.

—Voy a mandarte a casa el resto del día a pasar el resto del día —dijo la señorita Nash, como un disco rayado—. ¿Te las arreglas para volver sola?

—Sí, señorita. —Abbie vivía a la vuelta de la esquina, muy cerca de la escuela.

—Dile a tu madre que te ha dado demasiado el calor. —La rígida dentadura postiza blanca de la señorita Nash le sonrió.

Con los brazos en jarras, la señora Henderson esperó hasta que Abbie subió los escalones del porche y entró en el pasillo fresco en penumbra.

—¿Te has peleado otra vez? —le preguntó—. La señorita Nash ha llamado avisando de que venía para casa, y que ya me lo contarías. —La empujó hacia dentro.

—Me he desmayado, mamá.

Su madre relajó el ceño.

—Oh. Más vale que te prepare algo. Ve a tumbarte, anda.

Escupió en el vaso casi toda el agua lechosa con las sales de amoniaco, se tumbó boca abajo y se quedó en silencio hasta que la señora Henderson salió de la habitación.

Una vez entornó la puerta con un crujido, Abbie cerró los ojos. Temblaba con fuerza debajo de la sábana; notó que le subía un borbotón compacto por la garganta, y abrió la boca para dejarlo salir. «Ay, Dios —rezó—, ¡no dejes que me pase, no dejes que me pase! ¡Haré lo que me pidas con tal de que no me pase!». La pesadumbre de los hombros le bajaba poco a poco por los brazos; le dolían las rodillas y los muslos. «Dios mío, por favor, me quiero morir. Yo no pretendía, no sabía...». Ay, Dios. La mandarían lejos de Mobile y nunca más los vería. Como le pasó una vez a la chica de los Ames... Los Ames se marcharon del condado de Maiben y jamás volvieron... A los Henderson los conocían en todo el condado; tendrían que marcharse a Barbour... No, allí vivía el tío Dick. ¿Qué harían sin ella? Imaginó a su padre regresando a casa del trabajo, mirando calle abajo a la espera de que Abbie corriera a su encuentro, sin ver nada más que el almacén de Brantley. Entraba en la casa y se quitaba el sombrero de paja. Llamaba a su madre. En la cocina, Jim, contestaba ella. Al menor roce del señor Henderson, se echaba a llorar. Pasaban noche tras noche los dos solos sentados en el salón, pensando en lo que le había pasado a Abbie en Mobile...

Abbie gruñó con otra arcada. Todas las palabras sucias que conocía resonaban de pronto en su cerebro, ¿qué significaban en realidad? No había vuelta de hoja: iba a tener un bebé. Dios, ¿qué dirían su madre y su padre?

¿Y Ed Dennis? No era su intención, no lo habría hecho de haberlo sabido. Hasta ese momento Abbie se había olvidado de Ed Dennis, abrazándola con los pantalones desabrochados, tanto tiempo atrás. No, había sido el pasado martes por la tarde. Habían estado jugando al balón prisionero en el jardín de atrás y, cuando se cansaron, se dejaron caer en el suelo detrás de la cochera. «Abbie —le había dicho él—. Déjame verte. Solo quiero saber cómo es una chica».

Si ahora lo descubrían, el sheriff lo metería en el cochambroso calabozo municipal, y la culpa la tendría ella. Pobre

Ed, no había hecho nada malo. Se conocían desde que nacieron, y aquella vez que Ed se rebanó la pierna hasta la mitad, Abbie le llevó un regalo para que se recuperara pronto. Pensó en todo lo que sabía de Ed Dennis: su padre llevaba la gasolinera de Cas-A-Loma a la salida del pueblo y le faltaban dos dedos; su madre era nazarena; Ed tenía dos hermanas ya mayores...

Se tendió boca arriba y miró fijamente los nudos en la madera azul del techo. Cuenta las grietas, pensó, como aquella vez que tuviste la escarlatina. Cuenta las grietas y así marcarán los días, llegará el bebé y te pillarán... La señora Dee Peavy de la acera de enfrente irá corriendo a contarle a la señora Burkett la deshonra de los Henderson y se quedarán mirando a papá cuando vuelva a casa del despacho... De repente se le escapó la risa y se enderezó para sentarse.

Apartó la sábana con los pies y se levantó: caramba, eso no pasaría por lo menos hasta dentro de una semana, ¡y cuando pasara lo escondería debajo de la casa junto a la chimenea!

—Mamá —llamó—. Ya me encuentro mejor, ¿puedo levantarme?

—No, quédate ahí un poco más —llegó la voz de la señora Henderson desde las profundidades de la cocina.

Volvió a tumbarse en la cama. La tensión le hormigueaba en la yema de los dedos y se sintió cansada. Pronto se quedó dormida.

Aun así, la tranquilidad de espíritu duró poco. En la escuela, las discusiones habituales con el Grupo Dos aseguraron que: si tenías un bebé que no deberías tener, te mandaban por ley a un hogar de acogida, y tu padre se quedaba sin su negocio. Nunca más le darían trabajo en ningún sitio, porque lo sucedido lo perseguiría siempre. ¿Los bebés? Ah, te crecían dentro de la barriga y nacían cuando ibas al cuarto de baño. Dolía muchísimo. Y sí, cualquier chico de más de doce años podía hacerte uno.

Juro que no sé qué le pasa a esta cría, pensaba su padre. Caramba, en cuestión de una semana se había vuelto huraña; cuando no andaba por ahí como un alma en pena, estaba sentada en el fondo de la cochera. Cada vez que la llamaba por su nombre, daba un respingo como temiendo que le pegara.

—Ya sabes lo que es, Jim —dijo la señora Henderson—. Hace poco que ha empezado y todavía no está acostumbrada.

—Pero se lo has explicado todo, ¿no? —Jim Henderson creía conocer a las chicas, pero nunca había visto a ninguna que se lo tomara tan a pecho como Abbie.

—Creía que sí —dijo su madre.

La primera vez reaccionó con incredulidad, luego con espanto. Su madre la había acostado en la cama y le había dicho que le vendría cada mes. Abbie estaba demasiado asustada para hacer muchas preguntas, y su madre se limitó a contestarlas. Jim Henderson rio entre dientes al acordarse de que Abbie había acudido a él para confirmar sus dudas. Le costó una barbaridad convencerla de que era natural, de que todas las chicas la tenían, de que no tendría que dejar de jugar a la pelota, solo tomárselo con más calma a partir de ahora. «Al fin y al cabo, te estás haciendo mayor, Abbie».

Ella se había puesto a chillar: «¡No quiero hacerme mayor si va a pasar esto siempre!», y salió corriendo fuera. Aquella noche a la hora de cenar, Jim Henderson la encontró detrás de la cochera, acurrucada contra la pared. No había sido nada fácil hacerla entrar.

Y por si fuera poco, en la escuela todo el mundo se enteró de por qué había faltado aquel día: al ver que no jugaba a batear la pelota en el recreo, Ed Dennis sonrió con picardía y le susurró algo a Raymond Walters. Raymond se echó a reír y miró hacia Abbie.

Ahora, cada día se sentaba en el aula mirando abstraída unos recortes naranjas que algún antiguo alumno de sexto había pegado en la pizarra. Siempre tenía la falda manchada de polvo allí donde la había restregado, no paraban de sudarle las palmas de las manos.

En el purgatorio entre la vigilia y el sueño encontraba paz, pero cuando despertaba del todo la inquietud volvía sin remedio. A veces, durante día, cuando estudiaban un periodo histórico interesante o se jugaba un partido igualado, lo olvidaba durante un rato. Cada sábado por la tarde, cuando se metía en la piel de Hoot Gibson, lo olvidaba también, pero volvía a parpadear en la pantalla del televisor con el fundido en negro de la última secuencia. Maybelle había dicho que había un médico en el condado que te tumbaba en una mesa de cocina y te abría por cincuenta dólares, pero ¿quién tenía cincuenta dólares? Se acordaba del domingo en que el señor Q W Tatum predicó sobre las Muchachas en Venta, y cómo decía: «¡Madres, advertid a vuestras hijas! ¡Hijas, obedeced a vuestras madres!».

Abbie buscaba el bebé cada mañana al levantarse, y rezaba para que saliera cuando se estrujaba el abdomen. Rápidamente siguió acumulando más información del Grupo Dos; algunas eran noticias alentadoras: la tripa se te hinchaba y a veces te daban náuseas. Abbie tenía la barriga tan lisa que se le marcaban los huesos de las caderas. Aparte de una sensación de vacío siempre cerca de las costillas, se encontraba bien. A veces ibas al hospital y te lo sacaban, pero solo los ricos podían permitírselo. Un bebé tardaba nueve o diez meses en llegar, a veces un año: eso era lo más alentador de todo, ¡tenía tiempo!

Hasta donde ella sabía, ni su madre ni su padre sospechaban nada. Imaginaba la terrible cara que pondría su padre si se lo contaba... Tal vez la encerrara en la cochera para dejarla morir, y avisara al sheriff de que estaba desaparecida y solo la encontraran al cabo de tres días. Tal vez la ahogara con la almohada... No, jamás haría eso. La mandaría lejos.

—Papá —preguntó al ir a buscar los cinco centavos que le daba cada tarde para helado—, ¿cómo se llama matar a un bebé? —Miró de reojo el Código de Alabama en los anaqueles del despacho.

—Asesinato. —Jim Henderson dejó el periódico y observó a Abbie con curiosidad.

—Vas a prisión por eso, ¿no?

—Desde luego, si es que no acabas directamente en la silla eléctrica. —Apareció un surco entre sus gruesas cejas negras—. Ya lo sabes, Abbie. Matar a un niño es un crimen igual de grave que matar a un adulto.

—Sí, señor. Solo estaba dándole vueltas a una cosa...

—Parece que últimamente te ha dado por dar vuelta a cosas peculiares, Abbie —dijo su padre. No quería dejar pasar la ocasión para comentárselo—. ¿Qué te ocurre? Llevas ya varias semanas como un alma en pena. Casi no pruebas bocado, pareces un espantapájaros, te portas mal con tu madre y no haces nada de lo que te pide. Si no te andas con cuidado, vas a probar una dosis de aceite y unos azotes en el trasero. —Abrió de nuevo el periódico. Jamás se había topado con una criatura más rara.

—Sí, señor. —Abbie bajó la mirada.

—Hala, ahora a correr. Estoy ocupado.

Ella cruzó la placita de césped hasta la consulta del doctor Simmons. Se quedó en la puerta, balanceando la mosquitera.

—¡Hola, tío Charlie! —saludó.

El doctor Simmons se dio la vuelta de sopetón.

—Llegas justo a tiempo de quedarte echando un ojo en la consulta, Abbie. La señorita Metts y yo tenemos una visita a domicilio.

Abbie se pasó un dedo por la nariz.

—¿Vais a tardar mucho?

—No lo sé. Si para las cinco no hemos vuelto, echa el cerrojo de la puerta y listo. —Se hurgó en el bolsillo, encontró un cuarto de dólar y lo puso en la mesa con un manotazo—. Adiós. No enredes con nada, ¿eh?

Cuando el doctor Simmons y su enfermera se subieron al coche, Abbie bajó de un salto de la butaca de mimbre. Le encantaba explorar en los cajones de vendas blancas, instrumentos de metal relucientes y tubos en la vitrina, pero esta tarde bajó de la estantería un libro de cuero rojo titulado *Dolencias femeninas* y empezó a hojearlo. Imágenes de mujeres hinchadas envueltas en sábanas blancas, cosas que parecían unas pinzas para el hielo, largos y estilizados cuchillos y heridas abiertas sangrantes saltaron desde la página. Tiró el libro al suelo y salió corriendo por la puerta de atrás justo a tiempo para asomar la cabeza por los escalones del porche. Se limpió la boca y luego fue corriendo hasta su casa y se sentó detrás del garaje hasta que oscureció.

La idea se le ocurrió una tarde en que su madre la había mandado a por hielo. Mientras tiraba del carrito por la carretera, Abbie alzó la mirada hacia el depósito de agua municipal, el punto más alto del condado de Maiben. Frunció el ceño un instante, después se palpó la tripa. Decían que podías oír cómo le latía el corazón; su propio pulso palpitaba bajo la mano. Ahí estaba, de nada servía negarlo. No desaparecía de ninguna de las maneras: había intentado darse golpes en la barriga muchas veces, pero no saldría hasta que estuviera listo y a punto. Maybelle había dicho que te dabas cuenta de cuándo iba a llegar, y no llegaría si...

Miró el depósito con detenimiento, rosa y plateado al sol del crepúsculo: COMPAÑÍA DEL SUMINISTRO DEL AGUA DE MAIBEN, decía, y se balanceaba en el cielo. Acercó el carrito hasta la base y saltó al primer peldaño de la escalerilla. Agarrándose a los finos rieles de acero, trepó rápidamente; le quedarían marcas rojas en los pies si no se daba prisa, los peldaños estaban ardiendo. A mitad de camino, miró hacia abajo: el suelo se movía. Miró hacia arriba: el depósito todavía se balanceaba. Abbie cerró los ojos y trepó hasta topar con la cabeza contra la baranda de la plataforma.

Tenía todo el pueblo a sus pies: la cúpula blanca de los juzgados se alzaba por encima de los robles cansados; la azotea de alquitrán del consultorio de su tío se veía combada y llena de grietas por el calor; los comercios, con sus tejados de chapa, se apiñaban alrededor de la plaza. Su casa estaba a la izquierda, los cinamomos en un jardín arenoso, la vieja cochera y al lado su casita de juegos. Creyó distinguir al señor Ben Watts caminando calle abajo, aunque no estaba segura.

Maybelle había dicho que antes de que llegara, dolía mucho la tripa. Cuando empiece, tal vez me dé tiempo a venir hasta aquí, pensó. Me echarán de menos, pero no soportaría irme a Mobile. Se rio sin ton ni son: las lágrimas hacían que la plaza pareciera disparatada y temblorosa, así que se enjugó los ojos. Un bicho que volaba a toda velocidad se espachurró contra su mejilla.

—Demonios —exclamó, y se limpió el rastro verdoso con la manga.

No cabría un alfiler en la iglesia metodista para su funeral; los Henderson conocían a todo el mundo. El coro estaría cubierto de zarzaparrilla para ocultar a la señorita Eva Kilpatrick y el órgano de la congregación, y el señor Q W Tatum predicaría con sus graves lamentos. En silencio, la familia desfilaría junto al féretro abierto para verla por última vez, y un gesto de su padre cerraría la tapa del ataúd. Sus primos la llevarían a hombros desde la iglesia, los portadores honorarios recogerían las flores, la congregación se pondría en pie y saldría en fila, pero siempre recordarían a

ABBIE CATHERINE HENDERSON

NACIDA EN 1926 – FALLECIDA EN 1938

JESÚS LA AMABA

¿Mientras caes ya te has muerto o mueres al chocar contra el suelo?

Al chocar contra el suelo, seguramente. Los rastrojos verdes y amarillentos se veían suaves desde arriba, como un edredón de retales tendido allá abajo. Curioso, cómo crece la hierba en círculos alrededor de los parterres.

Cuando bajó empezaba a anochecer. Tan solo oía su propia respiración jadeante y el ruido amortiguado de sus pies descalzos en cada peldaño. Al llegar abajo, saltó varias veces a la pata coja para que no le diera un chispazo al tocar tierra.

Abbie sonrió mientras emprendía el camino de vuelta a casa. Avisaría cuando quisiera llegar, seguro, Maybelle decía que avisaban, así que tendría tiempo de sobra... Recogió por el camino algunos guijarros lisos y lanzó uno a ras del suelo. Vio un perro castaño y le lanzó otro. Se echó a reír cuando el perro soltó un aullido, y luego suspiró hondo. A fin de cuentas, no tienes que pensar en nada mientras estás cayendo.

# Los prismáticos

Mi hermano era seis años mayor que yo, un chico espigado de pelo castaño que no empezó a mojárselo con agua y a peinárselo hacia atrás hasta cumplidos los quince. Cada noche los celos que me consumían llegaban a su apogeo cuando, en la mesa mientras cenábamos o en la sala de estar antes de la hora de dormir, relataba lo que había ocurrido en el colegio aquella mañana, y metía sin falta a la señorita Busey y a la señorita Maxwell, dos de las maestras de la escuela elemental, dentro de la historia.

A mí todavía no se me había presentado la ocasión de conocer a ninguna de las dos: la señorita Busey vivía en The Ridge, y la señorita Maxwell residía con su madre en Mexia, Alabama. Ambas tomaban el autobús escolar hasta el pueblo cada mañana: Mexia y The Ridge estaban a unos quince kilómetros de Maiben, la capital del condado y sede de la escuela elemental.

Durante casi un año las había observado cada día de clase a través de la valla del jardín trasero. Nuestra casa estaba a la vuelta de la esquina de la escuela, tan cerca como para que oyéramos la campana de «acogida», del recreo y del almuerzo. A través de las estacas de la valla alcanzaba a ver siluetas chiquitinas pelirrojas, castañas y rubias que jugaban durante el recreo y a mediodía en la dura arcilla del patio. De cuando en cuando, dos mujeres morenas salían juntas por la puerta y caminaban por la acera de cemento por delante del edificio. Al parecer estaban vigilando a los niños; a veces una de las mujeres levantaba un brazo y un crío se separaba del grupo y corría hasta ellas. Se quedaban juntos allí de pie un momento, luego el crío seguía jugando.

Por Navidad le pedí unos prismáticos negros de juguete a mi hermana la mayor, que vivía en Birmingham, y me los regalaron. Eran lo bastante potentes como para acercarme las caras del patio de la escuela, y solía tenerlos colgados en la puerta de casa, con la esperanza de que la señorita Busey y la señorita Maxwell aparecieran fusionándose en los dos círculos de luz. Edwin, mi hermano, decía que tendría a la señorita Maxwell en primero, pero que me tocaría esperar hasta quinto para la señorita Busey. Había sido su maestra el año anterior.

—La señorita Busey tampoco es la repanocha, Dody —decía—. Ya verás cuando llegues a séptimo. Tienen un tutor para cada clase y cambian de aula en cada asignatura.

La idea de esperar tanto para la señorita Busey no me dolía cuando consideraba el año largo y apacible que pasaría en el aula de la señorita Maxwell. Una vez, mientras observaba con los prismáticos, vi que echaba una ojeada al patio y luego sacaba una polvera y un tubo naranja de su bolso negro. Debía de ser una barra de labios Tangee; era el mismo tipo de tubo que encontré en una caja vieja que mi hermana había dejado en el cajón de la cómoda de la salita. La señorita Maxwell sostuvo la polvera delante de la cara y acercó el tubo a la boca. Al apartarlo, apretó los labios con firmeza. Eran suaves y sonrosados.

La señorita Busey llevaba dos lápices amarillos ensartados en el pelo, una melena castaña que se recogía en un moño en la coronilla. Mi hermano decía que los lápices sujetaban el pelo.

—Un día se sacó uno sin darse cuenta y el pelo se le cayó de golpe —me contó.

Era delgada, y parecía que los vestidos siempre le iban demasiado sueltos. La señorita Maxwell no era tan alta. Si la señorita Busey hubiera llevado el pelo con trenzas, habrían sido más o menos de la misma altura.

Antes de que mi hermana mandara los prismáticos, la señorita Maxwell y la señorita Busey no eran más que unas formas oscuras que se apeaban del autobús por las mañanas, caminaban despacio de arriba abajo por la acera, a menudo por separado pero a veces las dos juntas, o se apresuraban hacia el aseo exterior: la señorita Maxwell iba cada día a las diez y fumaba, porque yo veía las volutas azuladas que se colaban por el conducto de ventilación del retrete; la señorita Busey esperaba hasta mediodía. Tal vez yo era la única persona en el pueblo que sabía que la señorita Maxwell fumaba, pero me prometí no revelar jamás su secreto: podía contar conmigo. Quizá cuando entrase en primero me dejaría quedarme después de clase a limpiar las pizarras, algo que según mi hermano le obligaba a hacer cuando iba a su curso. Entonces a lo mejor sacaría un cigarrillo y me diría con un guiño: «¿A que no sabías que fumaba? Aquí solo estamos tú y yo, así que quedará entre nosotras».

Un largo verano pasó, llegó el 17 de septiembre de 1932 y por fin fui lo bastante mayor para entrar en primer curso. En mi caso, no haría falta que la señorita Maxwell se presentara, porque me acercaría a ella para decirle que ya la conocía. Le diría que la había visto de vez en cuando en el patio de la escuela, y que mi hermano me había hablado mucho de ella porque era su maestra favorita, una mentira pura y dura.

Mi madre creyó que podía ir sola a la escuela el primer día. Me dio dos mandarinas de la fresquera del comedor, cinco centavos para leche con la que tragar las mandarinas y mi certificado de vacunación.

En el aula de primero había cuatro hileras de pupitres granates, una estufa Franklin y dos pizarras con las marcas del trapo. Recortes naranjas de brujas y calabazas decoraban las cinco ventanas de la pared. Restos de cola seca chorreaban de las figuras y en el vidrio de alrededor. Debajo de las ventanas había una larga repisa medio llena de unos libros finos azules manoseados. Había una mesa grande y rectangular frente a la pizarra, y tras ella se sentaba una mujer delgada con una nariz ancha y regordeta y el pelo negro canoso. Tenía la piel de los pómulos anaranjada, casi a juego con los recortes. Parecía conocerme: me hizo una seña para que me acercara a la mesa. Puse mi certificado de vacunación encima de una pila de sobres blancos.

—Aún no hemos empezado —dijo—. Corre y sal a jugar hasta que suene el timbre.

—¿Quién es usted? —pregunté.

—Soy la señorita Turnipseed. —Se rio—. Os vais a divertir de lo lindo con mi nombre este año.

—¿Dónde está la señorita Maxwell? ¿Va a venir?

—No. La señorita Maxwell se casó este verano. Soy tu maestra este curso —dijo la señorita Turnipseed—. Tengo un apellido gracioso, y no me importa ni pizca si os burláis de él.

—Sí, señora —contesté—. ¿Y la señorita Busey todavía está aquí? Da clase en quinto, creo.

—No. Margaret... la señorita Busey, quiero decir, ha ido a Livingstone para sacarse el diploma de Magisterio. ¿No sabías que los maestros también tienen que ir a la escuela?

Desde algún lugar en la entrada sonó una campana, y el rumor grave del patio se entrecortó en frases a medida que los niños entraron en el aula. Vi que mis amigos —Anne Hines,

Sara Ann McCall, Percy Dunnam, John Jr. Hybart, Rayford Smith— corrían a los pupitres junto a las ventanas.

—¡Guardadme uno! —grité.

El cajón del pupitre estaba vacío y polvoriento; la palma me quedó sucia donde había rozado la madera astillosa de pino. Puse las mandarinas dentro del pupitre y miré alrededor. Los niños del pueblo se sentaban juntos. Como no había sido de las primeras en pillar sitio, estaba un poco apartada: al otro lado del pasillo, junto a chiquillos a los que no conocía vestidos con ropa de algodón estampada y descolorida y camisas vaqueras abotonadas hasta arriba. Tenían el pelo apelmazado con agua; las niñas llevaban gruesas horquillas negras.

Justo detrás de mí se sentaba Eddie May Ousley, una chica que vivía en las afueras del pueblo y se nos quería ajuntar, pero la desairábamos y nos poníamos a cuchichear siempre que rondaba cerca. Era un año mayor que la mayoría de nosotros, y «repetidora»; en 1932 a los repetidores no se les concedían privilegios especiales, se los trataba como novatos. Me molestó que se sentara detrás de mí, aunque pensé que su experiencia tal vez resultara útil.

Sonreí y la saludé.

—Hola, Eddie May.

Sin venir a cuento, soltó una risita y me metió los dedos por el cuello del vestido. Se me escapó un gritito de sorpresa, y la señorita Turnipseed me oyó.

—¿Qué es lo que pasa? —preguntó.

—Nada. Eddie May acaba de meterme las manos frías por la espalda —dije.

La señorita Turnipseed frunció el ceño.

—Eddie May Ousley —alzó la voz—. Ve y ponte en tu sitio del rincón. ¡No pienso tolerar que armes alboroto el primer día!

—Pero señorita... —intenté ayudarla, aunque no sirvió de nada.

Eddie May tenía un rincón junto a la ventana, de todos modos, y Sara Ann y Percy Dunnam dijeron que no era culpa mía.

Cuando la señorita Turnipseed dio unos golpecitos con el lápiz en la mesa, la clase cayó en un silencio tenso.

—Hoy no haremos gran cosa —sonrió—. Nos dividiremos en grupos. El Grupo Uno —señaló a Anne Hines— será desde Anne hasta el fondo. El Grupo Dos es el resto del aula. —Había dividido nítidamente la clase entre los niños del pueblo y los niños del autobús.

Cuando hizo salir al Grupo Uno a la pizarra, encontré un hueco al lado de Percy.

—¿Para qué es esto? —preguntó, con un leve ceceo.

—No lo sé —dije en voz alta.

—¡Chist! —La señorita Turnipseed se llevó un dedo a los labios. Fue recorriendo la fila y nos dio un trozo de tiza a cada uno. A continuación, escribió uno por uno nuestros nombres en la pizarra en letra grande y redonda, delante de cada cual—. Ahora repasad vuestro nombre —dijo.

Copié el mío debajo del que acababa de escribir la señorita Turnipseed y volví a mi pupitre. Cuando vio lo que había hecho, me llamó:

—Ven aquí. —Las tizas suspiraban y chirriaban contra la pizarra mientras me conducía de nuevo hasta allá—. No sirve de nada que intentes mostrarle a todo el mundo lo lista que eres. Te pedí que repasaras tu nombre.

Empezaron a sudarme las manos.

—Sí, señora. Perdón, no quería...

—Ahora repasa —dijo.

Cogí un trozo de tiza y reseguí la última *o* de mi apellido.

—Así no —me dijo secamente, y puso un dedo en el comienzo de la primera *N*. Cuando lo apartó, había una huella negra grasienta—. Empieza aquí. ¿Nunca has repasado letras en un cuaderno?

—No.

—¿Tu madre nunca te ha dejado repasar las siluetas de una revista?

—No —dije—. Pero mamá me deja dibujar.

La señorita Turnipseed me miró con severidad.

—¿Dónde aprendiste a escribir?

—Mamá me enseñó —dije—. Hace mucho tiempo.

La señorita Turnipseed tragó saliva.

—¿Sabes leer también?

—Sí, señora, pero no...

Fue a su mesa, se sentó y sacó una hoja de papel azul del cajón del medio.

—Tu madre no debería haberlo hecho. Dile que no debería haberlo hecho. No debería enseñarte a leer. ¡No deberías saber leer y escribir cuando acabas de empezar la escuela!

Enojada, miró el papel, empuñó una pluma y se puso a escribir.

—Dale esta nota a tu madre cuando vayas a casa —dijo, doblando el papel por la mitad antes de entregármelo—. Y no lo leas por el camino —añadió con desdén.

La señorita Maxwell y la señorita Busey habrían sabido que no podía evitarlo.

# Las tijeras dentadas

Cuando todo acabó, papá dijo que había sido culpa mía, pero hasta hoy sigo convencida de que no, de que la cría estaba en su perfecto derecho de cortarse el pelo si era lo que quería. Bueno, digamos que yo se lo corté, pero Matrid me lo pidió. ¿Cómo iba a saber que eso atentaba contra las leyes de Dios? No hay nada en las *Doctrinas y disciplina de la Iglesia Metodista Episcopal del Sur* que diga que es pecado cortarte el pelo, y si el señor Q W Tatum clama desde el púlpito que sí lo es, quien se equivoca es él, no yo.

Os habréis fijado en que no he puesto ningún punto después de la Q y la W del nombre del señor Tatum. Eso tampoco es culpa mía. Cuando el señor Q W llegó a Hatter's Mill, Alabama, en un Buick alto y cuadrado de 1929 con nueve niños a bordo, el señor Ed de la oficina del *Journal* publicó esta nota en el periódico:

> Nos complace anunciar que el señor Q. W. Tatum y señora, y sus hijos Haniel, Job, Habbakuk, Matrid, Jezebel, Mary, Hosea y Hosannah (mellizos) y Emmanuel Tatum han llegado de la Iglesia Metodista de Dothan, y el señor Tatum ocupará el púlpito de la Iglesia Metodista de Hatter's Mill durante los cuatro próximos años.

Bueno, pues lo primero que hizo el señor Q W cuando dejó a sus hijos y sus pertenencias en la rectoría fue ir hasta la oficina del *Journal* y decirle al señor Ed que nunca más volviera a poner un punto detrás de Q W, que Q W era su «nombre», no sus iniciales. Y para colmo había escrito mal Habakkuk, o sea que ojo en el futuro. El señor Ed se molestó con toda razón y llamó a papá, que era el presidente del Consejo de Administración y se ocupaba de atender al nuevo predicador. Papá le pidió que por favor manejara con cuidado el asunto, porque le había costado lo suyo traer a aquel predicador hasta aquí desde Dothan, y que se asegurara de aportar algo a la colecta que iban a hacer para él el miércoles por la noche.

A la mañana siguiente conocí a Matrid. Cuando papá y yo empezamos a subir las escaleras de la rectoría aquella noche con nuestras provisiones, alguien sacó un brazo por debajo del travesaño y agarró a papá del tobillo. Mi padre es patoso, así que se cayó y desperdigó su libra de patata irlandesa por todo el jardín. Entretanto, un hombretón de pelo negro salió de la casa corriendo y hablando a voces.

—¡Cómo está, hermano Finch, bienvenido! ¡Y esta es la pequeña Jean Louie! ¿Te han bautizado ya en ese maravilloso espíritu?

Estaba muerta de miedo, así que tan solo acerté a decir:

—Sí, señor, cuando tenía nueve meses.

El señor Q W ayudó a papá a ponerse de pie y entonces se agachó para meterse debajo de los escalones. Durante unos minutos oímos voces ahogadas y forcejeos, hasta que salió arrastrando a la criatura más sucia que había visto jamás por el pelo más largo que había visto jamás en un ser humano. El señor Q W la levantó y le dio una bofetada en la cara con una mano y un azote en el trasero con la otra. La niña encajó el castigo sin chistar: si hubiera sido yo, me habrían oído chillar hasta en el infierno.

Cuando por fin acabó, el señor Q W dijo:

—¡Ahora entra arreando a la casa y lee tres capítulos de Jeremías, endiablada criatura!

La niña dio media vuelta para irse, pero su padre la agarró del hombro.

—¡Espera! ¿Es que no tienes modales? Matrid, estos son el hermano Finch y la señorita Jean Louie Finch. Jean Louie y tú estáis en la misma clase de la escuela.

Matrid miró a papá, y papá la miró con una sonrisa beatífica y le dio unas palmaditas en aquella maraña de pelo que tenía en la cabeza.

—¿A qué curso vas? —me preguntó ceñuda.

—A tercero —dije.

—¿Sabes leer bien?

—Sí, estoy en el primer grupo.

Eso pareció causarle impresión, porque me miró con los ojos como platos y una sonrisa deslumbrante.

—Yo no sé leer —dijo.

Acostumbraba a menospreciar a la gente que no sabía leer, por más que no tuviese ningún derecho. Desde entonces he aprendido que hay personas que pueden ser inteligentes de muchas otras maneras, aunque no sepan leer. Matrid, descubrí más tarde, era una de esas personas.

Entramos, y allí en el salón permanecía en fila el elenco de personajes más curioso que se haya visto nunca: los chicos (eran cinco) tenían un pelo negro y tupido que parecía cortado con unas tijeras de podar, y todos llevaban camisas vaqueras abotonadas hasta el cuello, sin corbata. Las chicas iban aún peor, vestidas con la tela de la que se cortan los sacos de harina. Todas en manga larga, aunque hacía una noche sofocante.

La señora Tatum, que estaba al final de la fila, era una tina de mujer con los mofletes y las manos coloradas. No dijo una palabra en toda la noche.

A medida que más y más vecinos acudían a la rectoría a traer sus obsequios, los niños dieron muestras de cansancio. Pero dejad que os diga que la tropa aguardó en aquella fila durante dos horas, hasta que el señor Q W ordenó de repente:

—¡Romped filas!

Eso me sonó a disciplina militar, así que me volví hacia Matrid, que seguía pegada a mí como una garrapata en lugar de ir a leer el Libro de Jeremías como le habían dicho.

—¿Cómo os apañáis por aquí? —pregunté—. No habrá solo un cuarto de baño.

—Ah —dijo—. Cuando nos tenemos que levantar para ir a la escuela, empezamos a las seis de la mañana. Al mayor le toca primero el baño. Yo le froto la espalda a Haniel y él se encarga de que los mellizos hagan de vientre. Funciona la mar de bien: digamos que los mayores cuidamos de los pequeños.

—Supongo que no queda otra en una familia tan numerosa.

—Sí, mamá y papá no dan abasto, papá con su circuito de parroquias y mamá haciendo todas las visitas por él.

Me miró como si pensara que tenía una verruga en la mano y dijo:

—Ven conmigo al cuarto de atrás y te enseñaré mi agua.

No supe muy bien cómo interpretarlo. Matrid me cogió de la mano y me condujo por el angosto pasillo a oscuras. Abrió una puerta y entramos en un cuarto que estaba lleno de catres, apilados uno encima del otro, estilo literas.

—Aquí es donde dormimos —dijo.

Se metió en el armario empotrado y salió cargando una caja de cartón con letras escritas. Después de depositarla con cuidado en el suelo en medio de la habitación, se debatió un rato con la tapa sucia, y como no pudo desatarla, la deslizó por el lado. Entonces olí el hedor más apestoso que había olido en mi vida.

En la caja había muchas botellas, grandes y pequeñas, llenas de agua. Matrid eligió una llena de una sustancia oscura parduzca y dijo:

—Esta es la más preciada que tengo. Vino del río Avon.

—¿Dónde está eso? —pregunté.

—Está en Inglaterra, boba. Al otro lado del océano Atlántico. Voy a ir allí algún día porque tienen muchos paganos. Papá dice que allí no les gustan los metodistas, así que cuando sea grande me iré de misionera.

Se sentó en la cama con el pelo cayéndole por la cara como a una loca. Yo no podía dejar de mirarlo.

—Enséñame algunas más —le pedí.

Matrid fue sacando botella tras botella, contándome de dónde procedía el agua de cada una. Tenía muestras de todo el estado de Alabama, incluida alguna de ese pozo artesiano de Hatter's Hill que da nombre a nuestro pueblo. Me quedé tan enfrascada con la colección de agua de Matrid, que casi me olvidé de que ella no sabía leer. ¡Qué niña tan lista! ¡Sabía muchas cosas de lugares desconocidos!

Pero yo no podía dejar de mirar su pelo. Parecía que no se hubiera pasado un peine en un mes, y le caía por la cara hasta el punto de que apenas veía.

—Matrid —dije al fin—, ¿por qué te dejas el pelo tan desgreñado?

Bajó la mirada hacia el regazo y durante un rato no dijo nada. Entonces se puso en cuclillas en el suelo y empezó a guardar las botellas en la caja.

—Detesto mi pelo —dijo en voz baja—. Mamá no deja que me lo corte. Soy la única de mi familia con pelo largo. Papá se lo corta a Haniel y los demás cada dos semanas, pero a mí no me lo corta. Nunca me han cortado el pelo.

Me miró el flequillo y preguntó:

—¿Qué se siente al llevar el pelo corto?

—Ah, pues está bien, supongo. Facilísimo de peinar. Le doy un par de manotazos por la mañana y se queda así todo el día.

Creo que fue la respuesta equivocada porque Matrid se echó a llorar como si no fuera a parar nunca más. Paró, sin embargo, y empezó a hurgarse la nariz.

—¿Por qué tu madre no deja que te lo cortes? —pregunté, como si tal cosa. No quería parecer indiscreta, pero me moría por saberlo.

—Bueno —resopló—. Soy la primera niña y mamá dijo que haría que su primera hija siempre llevara el pelo largo, porque su hermana la que murió tenía el pelo tan largo que podía sentarse encima.

—¿Y eso qué tiene que ver? —Me sonaba todo de lo más estrambótico.

—Mira, la tita era muy mala y venían hombres de varios kilómetros a la redonda para verla con aquel pelo tan largo. Lo usaba para presumir con ellos.

Temí que Matrid se hurgara con el dedo hasta el cerebro, así que le dije que si no paraba le daría un bofetón. Se sorbió la nariz y siguió hablando.

—Según mamá, la tía era un caso y no podíamos juntarnos demasiado con ella. Pero conmigo siempre fue muy buena. Mi tita decía que me parecía a ella y me traía pulseras, pero papá nunca me dejaba ponérmelas. Al final un día se puso enferma y dijo que tenía que irse a Mobile. Se marchó y no volvió más. Papá fue a buscarla y se enteró de que había muerto.

—Pero ¿eso qué tiene que ver contigo?

—Una hora a la semana, mamá me habla de que debo ser una buena chica y no una pecadora como era mi tita, y me dice que me deje el pelo largo para ocupar su lugar y ser buena.

—Pero ¡qué demonios! —exclamé—. Si a ti no te gusta...

—¡Cierra la boca, Jean Louie! —ordenó Matrid—. Si sigues hablando así, tendré que taparme los oídos. ¡Eso no se dice! ¡Si hablas así, acabarás con ellos en el infierno!

—¡Vale, vale, no volveré a decirlo! Pero Matrid, no veo por qué no puedes ser igual de buena con el pelo corto que si lo tienes largo. ¡Caramba, mírame a mí! Lo llevo corto y voy a catequesis y a la iglesia y a la liga. Soy tan buena como tú... puede que hasta mejor.

—Eso no lo decides tú —dijo Matrid con voz repipi.

Fue hasta el cajón y se miró en el espejo, pasándose los dedos bruscamente por el pelo.

Cielo santo, aquella chiquilla parecía afligida. Se echó a llorar de nuevo, y las lágrimas corrían por las greñas lacias de su pelo y caían al suelo.

Fue la gota que colmó el vaso. No sé qué me empujó a hacerlo, pero en ese momento solo pensaba en que Matrid aborrecía llevar el pelo largo, y me indignaba pensar que tenía que ir por la vida con aquel zarzal en la cabeza. Aunque no supiera leer, sabía muchas cosas de las que yo no tenía ni idea.

—¿Tienes unas tijeras? —le pregunté.

—Sí. —Abrió el cajón de la cómoda y sacó unas tijeras dentadas—. Son las que usa mamá para cortar tela. No sé si sirven para cortar nada más. ¿Para qué las quieres, Jean Louie?

—Tú tranquila —dije—. Ven aquí a sentarte en la cama y te lo enseño.

Matrid se desplomó en la cama y me miró.

—¿Qué vas a hacer?

—Cortártelo.

No dijo ni una palabra, se quedó quieta como una tumba. Agarré un montón de pelo y, ¡zas! De un tijeretazo corté un mechón de más de un palmo de largo, con unos bordecitos festoneados preciosos. Aquella criatura debía de tener una tonelada de pelo, porque cuando acabé y lo tiré todo al suelo, le llegaba a Matrid hasta los tobillos.

—Ahora ve a mirarte —le dije. Le quedaba bien de verdad, solo que parecía un poco cortado a mordiscos. Pero estaba cortito como el mío.

Mirándose en el espejo, Matrid soltó una risita. Empezó a brincar y danzó alrededor de las camas.

—Hala, siento como si pesara cien kilos menos, Jean Louie. No tendré que pelearme con él. Era una tortura tremenda peinarme.

—Bueno, pues ahora ya no lo será —dije.

Me sentía orgullosa de ver a Matrid tan contenta. Parecía diferente, además. Era como descubrir su cara: tenía los mofletes más redondos y se le veía la frente.

Justo entonces se abrió la puerta y papá asomó la cabeza.

—¡Jean Louie! Hora de irnos, cielo. —De pronto vio el montón de pelo en el suelo—. ¿Qué es eso?

—El pelo de Matrid —dije.

—Ajá, veo que habéis estado jugando al Salón de Belleza. Bueno, más vale que lo recojáis antes de que nos vayamos.

Papá oyó la voz del señor Q W al final del pasillo y se apartó para dejarle entrar.

—Mire —dijo papá, riendo—. ¿Ha visto alguna vez semejante estropicio?

El señor Q W entró y se quedó de una pieza. Los ojos se le salieron de las órbitas y fue poniéndose más y más colorado por momentos. Se dirigió a mí, con voz entrecortada:

—¿Qué le has hecho a mi hija? ¿Qué le has hecho?

Me agarró de los hombros y me empezó a zarandear hasta que creí que se me caería la cabeza. Chillé y cuando me solté de un tirón corrí a esconderme detrás de papá. Me aferré a su gabardina con desesperación, pidiéndole a gritos que no dejara que el señor Q W me cogiera. Papá susurró que me calmara, que no iba a pasar nada.

El señor Q W estaba agachado en el suelo recogiendo a puñados el pelo de Matrid. Se levantó e hizo unos gestos como si intentara ponérselo de nuevo en la cabeza. Descubrió que era imposible, porque se volvió hacia mi padre y dijo con voz ahogada:

—¡Ay, esa bárbara criatura! ¡Hermano Finch, llévese a Jean Louie a casa y hágala ponerse de rodillas y pedir perdón al Señor por lo que ha hecho! Hágala rezar toda la noche. Usted nunca entenderá lo que acaba de hacer, ¡ay, Dios mío, Dios mío, perdónala!

Papá se quedó allí de pie sin decir nada, pero tenía aquella mirada torva que tan bien conozco cuando está a punto de perder la paciencia.

Finalmente, con tono fúnebre, dijo:

—Hermano Tatum, no sé qué es lo que ha hecho Jean Louie para que le parezca tan terrible. A decir verdad, no veo que haya hecho nada más que cortarle el pelo a Matrid, lo cual debo decir que buena falta le hacía. Si tiene a bien explicarme las circunstancias, señalando el pecado en las acciones de Jean

Louie, me ocuparé de que se tomen las medidas correctivas oportunas.

Pensé que era un discurso estupendo, aunque papá es abogado y tiene mucha labia de todos modos.

Salvo que tuvo un efecto caótico en el señor Q W: al hombre le dio literalmente una pataleta allí en medio. Se puso a dar pisotones en el suelo y a recitar a gritos fragmentos de la Biblia, entre los cuales el más frecuente era «mis pecados son más que los cabellos de mi cabeza». También dijo algo de que la tía de Matrid había sido una mala mujer en Mobile y de que Matrid iba a ocupar su lugar en el mundo. El señor Q W se comportaba más como un fanático evangelista que como un pastor metodista, así que nos quedamos allí aguantando el chaparrón.

Papá al final le echó el freno, cuando el señor Q W dijo que daría un sermón sobre el suceso en la iglesia el siguiente domingo y me haría ponerme de pie y disculparme por lo que había hecho allí, en medio de la congregación.

Papá dijo que nos teníamos que ir a casa, y que Jean Louie no se pondría de pie ni se disculparía por nada.

—Despídete de Matrid —me dijo—. E invítala a que venga a verte.

Miré a Matrid, que había escondido la cara en una almohada.

—Ven a verme —dije—. Siento haberte cortado el pelo.

Mientras volvíamos a casa por la acera esa noche, papá no dijo nada. Caminaba mirando al frente, sin decir una palabra, que era una buena señal de que yo había hecho algo malo.

En un momento dado se detuvo y escupió en el pavimento y carraspeó largo rato.

—Ha sido culpa tuya, cariño —dijo—. No deberías haberlo hecho.

—Supongo que sí —dije, con esa sensación de vacío en el fondo del estómago—. ¿Tendré que pedirle perdón a Matrid en la iglesia?

Papá me dio la mano y la balanceó con la suya. Tardó lo suyo en contestar, así que aguardé soltando el vaho al aire frío de la noche como si estuviera fumando.

—Jean Louie —dijo por fin—. Cuando seas mayor y vayas a la facultad de Derecho, aprenderás a sopesar las pruebas y decidir qué parte ha salido más perjudicada. —Me miró a los ojos—. ¿Entiendes lo que te digo?

—Claro —contesté, pero no era verdad. Por el tono de su voz, sin embargo, supe que todo se arreglaría.

—Bueno —añadió despacio—. Esta vez era una cuestión de quién tenía más culpa, si tú o el padre de Matrid. ¿Ves a lo que me refiero?

Asentí tan rotundamente como pude.

Llegamos a la puerta de casa y, mientras papá la abría, dije:

—¿Estás seguro de que no tendré que ponerme de pie en la iglesia y pedirle perdón a Matrid?

Papá negó con la cabeza.

—No, no tendrás que hacerlo... El señor Tatum no te lo pedirá. —Abrió la puerta de un tirón y esbozó una sonrisa—. Pero para cerciorarnos iremos el domingo a la iglesia, ¡a ver qué dice!

## Pienso a espuertas

A mi amiga Sarah Mitchell últimamente le cuesta sentirse en paz consigo misma, y no debería extrañarme, después de lo que hizo. Ha puesto todas las excusas posibles para justificarse, y ha agotado la paciencia de su pobre psiquiatra intentando buscar otras nuevas. Fui yo quien le sugerí a Sarah que fuera a un psiquiatra, con la esperanza de que lo llamara a él a todas horas en vez de a mí. El otro día charlé con su psiquiatra, que no es un hombre sino una señora ya muy mayor, y me contó cuál era el problema de Sarah, aunque a mí me sonó de lo más inverosímil. La pobre anciana se quejaba también de que estaba hasta la coronilla de que Sarah la llamase a las tres de la madrugada para contarle que había alguien aporreando la puerta de su apartamento, una queja sorprendentemente humana si pensamos de quién venía.

Incluso antes de que ocurriera, Sarah ya era problemática, de eso no cabe duda. Hace años que la conozco, fuimos juntas a la universidad, y aun entonces era un tanto peculiar: se emborrachaba con un par de copas, caía redonda en el suelo, y nada, ni siquiera las amenazas de expulsión, podían quitarle la costumbre. Más de una noche me metí de un salto en su cama para encubrirla cuando la gobernanta venía a comprobar quién estaba y quién no, y Sarah se había quedado fuera de combate en el apartamento de alguien. Al día siguiente no se acordaba de nada.

Y además era una blasfema compulsiva. Nunca me he cruzado con nadie que tuviera una lengua tan afilada como Sarah Mitchell, ni con nadie que la usara con tanta imparcialidad: preceptores, pretendientes, camareras, autoridades postales, cualquiera que anduviera a tiro si en plena curda le daba por soltar palabrotas. Esa costumbre le granjeó los constantes recelos de la oficina del Decanato de Alumnas de la facultad, cuyas responsables tan solo estaban esperando la menor excusa para echarla. A su debido tiempo lo hicieron, por encontrarla en posesión de una botella de cerveza. Tal vez no suene tan terrible, pero hay que tener en cuenta que me estoy refiriendo a la Universidad de Alabama. Allí se espera que una señorita no huela sino a Chanel N.º 5 y colutorio durante por lo menos cuatro años.

La cuestión es que Sarah dejó la universidad bajo una nube de tormenta. Sospechosa: de hacer trampas, robar, escabullirse de la residencia Calloway por las noches, de promiscuidad y de una actitud irreverente hacia la representante del Decanato de Alumnas. Pruebas: una botella de cerveza en la mano. Claro que no debía pasearse con la botella por la avenida universitaria, fue bastante indiscreto, pero la echaron por eso.

Mientras empaquetaba sus cosas para marcharse, Sarah estaba hecha una furia, y sobre todo se quejaba de que a aquella remilgada de Georgine Faircloth solo le habían caído seis semanas de campus estricto después de que la pillaran en cueros en un bote de remos en el río Black Warrior, mientras que a ella, Sarah Mitchell, la expulsaban porque su padre no tenía tanto dinero como el de Georgine. Además, Georgine pertenecía a Beta Nu, donde bastaba con entrar para garantizarte carta blanca en tu paso por la universidad, puesto que la fundadora de la hermandad era la hermana de la señora de Jefferson Davis. A Sarah la reclutaron las beta nus, que la soltaron como si fuera una patata caliente la primera vez que abrió la boca, pero si se sintió herida, nadie lo supo. Se propuso ser la independiente más independiente del campus, y punto.

En segundo curso se casó en secreto, que era peor que beber, y se divorció, que era peor que casarse. Eligió a un muchacho tremendamente peculiar de Birmingham que se creía mejor que nadie, y en concreto mejor que Sarah. El padre de Sarah la sacó de aquel apuro y nunca dejó que se enterara de cuánto le había costado. El señor Mitchell era rico, pero cinco dólares le parecían un dineral porque en otros tiempos había sido pobre. La madre de Sarah era un espantajo de primer orden, una de esas mujeres que se ríen con una especie de rebuzno al final, que pasa por distinción en algunas partes del estado. Sin llegar a decir nada, la señora Mitchell se las ingeniaba siempre para dar la impresión de que incluso la hora del día era una indecencia; hacía mucho que se había hecho a la idea de que Sarah era una deshonra para ella, el precio que pagaba por actos indecentes aislados con su marido, y la trataba en consonancia.

No es de extrañar que Sarah se fuera de cabeza a Nueva York cuando abandonó la carrera. Sus padres no la querían en casa de todos modos; se recreaban demasiado en su martirio como para consentir que la presencia de su hija lo destruyera: en el pueblo la gente fue de lo más amable con los Mitchell cuando salió a la luz que habían expulsado a Sarah de la universidad, y recibieron más invitaciones a cenar en un par de semanas que en todo un año.

No volví a tener noticias ni a saber de Sarah Mitchell hasta al cabo de un par de años, cuando me fui a vivir a Nueva York y me tropecé con ella en la Quinta Avenida. Ya sabéis cómo es, tarde o temprano te encuentras a todo el mundo que conoces en la Quinta Avenida. Bueno, pues allí estaba. Me saludó con las preguntas de rigor y me propuso si quería ir con ella a casa a ver a sus muchachos.

—¿Muchachos? —dije—. No sabía que habías vuelto a casarte.

—No lo hice —contestó. La Sarah de siempre.

Pero le notaba algo distinto que al principio no acerté a precisar. Algo físico. Había ganado peso, desde luego, como a todos nos pasa un par de años después de salir de la facultad, y me dio la impresión de verla más arreglada que nunca, aunque con aquel abrigo puesto la verdad es que no podía saberse. Finalmente caí en la cuenta: sus manos. Siempre había tenido unas manos grandes y cuadradas, manos para cosechar algodón, solía llamarlas ella, pero con unos dedos largos que en lugar de afinarse se ensanchaban al final. Por primera vez desde que la conocía me fijé en la torpeza con que los articulaba; parecía que le costara llevar a cabo incluso los gestos más corrientes, como sacar de la cartera el billete del autobús. Mantenía los dedos rígidos cuando lo natural hubiera sido doblarlos. De vez en cuando se pasaba el talón de la mano por el abrigo, como si se secara el sudor, a pesar de que hacía frío. En todos los demás sentidos, era la misma Sarah de siempre.

Cuando llegamos a su apartamento conocí a los muchachos. Eran dos perros enormes a los que tomé por mastines, si bien Sarah me dijo que eran bóxer. Vivía en un piso de dos habitaciones: una para ella, y otra para los perros. A lo largo de las paredes del cuarto de los perros había cajas de pienso apiladas hasta el techo. Los muchachos lo devoraban como demonios, según dijo, y prácticamente se le iba el sueldo en mantenerlos.

Mientras tomábamos unas copas, Sarah me puso al día: cuando llegó a Nueva York, su primer trabajo consistía en clasificar las respuestas de los concursantes en los concursos de jabón; ya sabéis, frases con gancho en veinticinco palabras o menos. Se fue a vivir con uno de sus compañeros de trabajo, originario de Albania, y sus amigos, en su mayoría centroeuropeos. Pensaba que así era como la gente acostumbraba a vivir en Nueva York. O al menos eso me dijo. Se mudó cuando su amigo y sus compinches se metieron en una trifulca de tres días en la que al final tuvo que intervenir la policía. A ella la arrestaron por alteración del orden público y le concedieron la suspensión de la sentencia. Naturalmente perdió el empleo por no presentarse a trabajar o llamar siquiera.

Sarah decidió alojarse en la Asociación Cristiana de Mujeres Jóvenes hasta encontrar piso, pero se marchó y durmió en la estación Pensilvania dos noches porque aquello le recordaba demasiado a sus padres. Pronto encontró un puesto de secretaria, recepcionista, tesorera y bibliotecaria en no sé qué organización de librepensadores, y como podía hacer y deshacer a su antojo sin intromisiones, estaba contenta.

Así seguía aquella primera vez cuando me la topé en Nueva York. Pronto retomé el contacto con antiguos compañeros que iban por delante de mí en la universidad y que también vivían en la ciudad, que me acogieron en lo que se conocía como el Círculo de Alabama. Intenté que Sarah me acompañara a las fiestas y reuniones que organizaban, pero no quiso saber nada. Decía que eran un hatajo de pedantes y guaperas avejentados, y que no pensaba ni acercarse a ellos. Al final la convencí para que viniera conmigo una noche, y una vez allí se lo pasó en grande, salvo por una cosa: se enamoró de nuevo, de un tipo que era el equivalente masculino de toda beta nu que se precie de serlo, que le hizo perder la cabeza y que no tenía la menor intención de casarse con ella. Eso por poco no la mató. De hecho, me contó que había intentado meter la cabeza en el horno, pero no pudo aguantar porque se asfixiaba con el gas.

Supongo que esa aventura, por fugaz que fuera, tuvo su parte buena porque durante un tiempo le quitó aquellos perros de la cabeza. A ver, a mí los perros me encantan, pero no me encanta tener a un bóxer en el regazo y a otro abrazándome por el cuello y que invadan un apartamento minúsculo. Enseguida me di cuenta de que oír una mala palabra hacia aquellas bestias ponía a Sarah hecha una furia, ¡y vaya furia! Si se me había ocurrido pensar que con el tiempo ya no tendría la lengua tan afilada, me equivocaba de medio a medio: tan solo había expandido su vocabulario para incluir una cuidada selección de obscenidades yanquis, y como bien sabéis nada suena peor que alguien de Nueva York soltando palabrotas. Me contó que su vecina odiaba a los perros y una vez había amenazado con llamar a la policía porque armaban mucho jaleo.

—Te puedes imaginar lo que le contesté —dijo Sarah.

No tardé mucho en descubrir que Sarah tenía pocos amigos, si es que tenía alguno. Era atractiva como la que más cuando quería, pero bastaba con que fuera a una cita para echarlo todo a perder poniéndose como una cuba y contando la historia de su vida antes de caer redonda, perdiendo así cualquier tanto a su favor. Tampoco tenía amigas, hasta donde yo sé, ni parecía echarlas en falta. A mí por alguna razón me soportaba, y yo por lástima la consentía.

Ser amiga de Sarah era difícil, en todo caso. Suponía escuchar la incesante letanía de sus problemas, o sea, de cosas que habían pasado hacía mucho tiempo. Tenía un compendio de desventuras y las culpas correspondientes, pero por algún motivo no podía resistirse a hurgar en la herida igual que los perros hurgaban en el pienso.

Tomó la costumbre de llamarme en plena madrugada dándole vueltas en la cabeza a los contactos de Georgine Faircloth con las altas esferas, o a aquella vez en la que pasó la noche en el calabozo de Montgomery porque el chico con quien había salido se chocó con otro coche, o a lo vil que había sido su padre al comprar a su marido. El problema era que me tenía en vela hasta el amanecer con el monólogo de turno. Cuando me cansé de aguantarlo y le colgué un par de veces, me acusó de que no me importaba un comino lo que le pasara. Nunca he visto a nadie que se mire tanto el ombligo...

Cielos, me he enrollado tanto hablando de Sarah que por poco se me olvida contaros lo que hizo. Bueno, fue una mañana hace un par de semanas. Sarah pilló un resfriado y no pudo ir al despacho, o por lo menos eso fue lo que me dijo: creo que uno de los perros cayó enfermo y ella se quedó en casa cuidándolo. A eso de las diez y media alguien se puso a aporrear como loco la puerta y Sarah fue a abrir. Allí estaba su vecina, la señora Fohlmer, con la que había tenido el encontronazo por los perros, plantada en la puerta. La señora Fohlmer se había prendido fuego no sé cómo, probablemente con aceite hirviendo, y se estaba quemando viva, así que Sarah le cerró la puerta en las narices y la señora Fohlmer se achicharró en el rellano.

Y ahora Sarah me llama sin parar con eso en la conciencia. Os juro que está empezando a pesarme.

# Espectadores y espectáculo

Entre los muchos placeres de vivir en el barrio de Yorkville de Manhattan está el de saber que, en las varias salas de cine intercaladas entre las tiendas de embutidos, agencias de viajes y cervecerías de la calle Ochenta y seis, encuentras a los espectadores más sutiles y selectivos de Estados Unidos.

Osado es el productor cinematográfico que monta un preestreno en una de esas salas: a los diez minutos no le quedará ninguna duda de lo que el público piensa de su película. El silencio es señal de aprobación; el descontento se expresa con una lluvia de pequeños objetos inidentificables lanzados en dirección a la pantalla, y si uno ha sido tan ingenuo como para sentarse en la platea, es probable que acabe inundado por las bolsas de papel llenas de agua que caen desde arriba. Los palcos y el gallinero de esas salas están mejor organizados que cualquier hinchada de fútbol americano que yo haya visto nunca: basta con que la congregación allí presente detecte un asomo de cursilería o falsedad en una frase, un gesto o un suspiro, y un centenar de voces recibirá dicha imprudencia murmurando al unísono «Bah, venga ya».

Recuerdo un diálogo entre héroe, heroína y público que según mi Bulova duró once minutos. Por razones que tan solo conoce quienquiera que escribiese el guion, el galán repudiaba el pecado, la bebida, al enemigo (era una película de guerra) y a las mujeres. Si hay que decir que varios cientos de personas soltaron un gemido de asombro ante semejante panorama, se dice y punto. Ante opiniones tan categóricas, naturalmente al galán le tocó enfrentarse a ingentes dosis de todo aquello que repudiaba, y naturalmente había una escena en la que el galán perdía el norte y estaba a punto de besar a una damisela de dudosa reputación ni más ni menos que en la frente, y se rajaba en el último momento. Fiel a la doctrina imperante de recalcar un aspecto esencial a las masas, el guionista sometía a los actores a repetir todo el asunto tres veces. Craso error. La primera pifia fue recibida con un jadeo ahogado colectivo, la segunda con un bufido que sonaba como el pinchazo de un neumático del tractor más grande de International Harvester, la tercera con un gran redoble de palmadas y pisotones cuyo ritmo resultaba indistinguible de una formación en T al contraataque. Cuando nuestro héroe cumplió por fin con la meta que sin saberlo se proponía alcanzar, los vítores se prolongaron hasta la siguiente escena, que, cómo no, era una de combate.

Apenas el público acababa de tranquilizarse, se desató otra crisis que no podía dejarse pasar sin los comentarios de rigor. El subhéroe, que supuestamente era un cobarde pero no engañó a los espectadores ni por un segundo, se veía las caras con un tanque enemigo lleno de enemigos, que despachó sin ayuda de nadie con una flema que solo puede emanar de la Costa Oeste. Después de que le dispararan cañonazos y varias ráfagas de ametralladora que a menos de veinte metros de distancia no le rozaron ni un pelo (utilizaba el Viejo Truco Indio y la idea del Blanco Móvil para eludir a sus verdugos), el subhéroe trepó con sigilo detrás del tanque y, por increíble que parezca, se las ingenió para poner una enorme roca en la rueda que impidió su avance. Entonces, con una sangre fría sin precedentes desde la marcha de Sherman al mar, este cobarde abrió la escotilla del tanque, dejó caer una granada dentro y lo reventó.

Incólume tras la explosión, el subhéroe atravesó con indiferencia un campo minado y se echó a hombros al héroe, su compañero de fatigas. El héroe llevaba ya un rato tendido en el suelo, arrepintiéndose del rechazo que había sentido hacia el pecado, la bebida, el enemigo y las mujeres. Creo que es así porque esa era la impresión que transmitían sus gestos. Los del público no eran ambiguos en ningún sentido: hizo falta la autoridad conjunta de la dirección y de dos agentes de policía para restaurar el orden.

En los últimos meses, sin embargo, se ha extendido un nuevo juego en la calle Ochenta y seis que mantiene a los espectadores razonablemente atentos al afán de los guionistas. No sé si me parece bien: tiende a quitarle la gracia al asunto, porque el público está tan ensimismado escuchando que a veces se olvida de observar, pero pese a mi empeño por ir en dirección contraria, me veo arrastrada por la corriente. Hablo del pasatiempo de combinar el título de una tanda de películas con el tema del que tratan, títulos que parecen sacados al azar del Pentateuco de la mano de un vicepresidente ejecutivo. Aunque los títulos curiosos han sido un gancho común durante siglos, Hollywood no puede soslayar su parte de responsabilidad en un asunto que se les ha ido de las manos.

El juego en la calle Ochenta y seis empezó con *Débiles y poderosos*. Al principio todo fue bastante inocente, cuando varias personas, entre las que estaba yo misma, oímos que una chica le decía a su acompañante en el palco: «Son todos débiles, pero ¿a qué viene lo de poderosos?». Hasta el final de la película se hizo una burbuja de silencio alrededor, compuesta por la gente que escuchaba atenta en busca de una respuesta a su pregunta. No la encontramos.

Con cada título críptico que ofrecían en la calle Ochenta y seis, el juego fue ganando terreno hasta que ahora hay absoluta unanimidad en las filas superiores. Perdimos las primeras partidas. A pesar de que Hollywood no puede atribuirse el mérito, *Los orgullosos* se nos escapaba a todos, puesto que no había nada en el diálogo, la actuación, la fotografía o el cariz general de la película que sugiriese ese título. Pero Hollywood dobló la apuesta con *Amanecer sangriento* y *Los héroes también lloran*, hasta que se estrenó la adaptación *El poder y el premio* en la gran pantalla.*

Me alegra decir que, según las reglas del juego, *El poder y el premio* fue un éxito. Sin embargo, Hollywood intentó tomarnos el pelo al hacer que Burl Ives dijera, en el primer cuarto de hora de película: «Ese es el premio que persigues, hijo», o algo por el estilo. Un rotundo «¡Oh, no!» subió desde el gallinero y los palcos, seguido por comentarios individuales que iban desde «Interpolación, eso es lo que es», hasta «Lo has entendido al revés, abuelo Pollitt». Una completa reconciliación de la película con su título se hizo mucho de rogar: silencioso y esperanzado, el público (donde el espectador más humilde escucha a Haydn y a Schumann cerveza en mano) veía a una joven malhumorada tocar terriblemente algo terriblemente clásico al piano, asumía sin protestar la estrafalaria idea de que

* *Tiburones de las finanzas* y *Negociando con tiburones* fueron los títulos que se le dio a esta última en España e Hispanoamérica, respectivamente. Mantenemos aquí el del libro en el que se basó la película, tal como se publicó en español, más cercano al original, por «exigencias del guion». Asimismo adaptamos varias de las referencias y múltiples guiños que hay a lo largo del relato para seguir el juego de Lee. *(N. de la T.)*.

los británicos aman el orgullo más de lo que aman el dinero, se tranquilizaba al saber que los presbiterianos ya no queman a la gente en la hoguera, y asistía impasible a algunos indicios preocupantes de que la protagonista era prostituta y comunista, hasta que el abuelo Pollitt remataba la historia diciendo que era un engendro del Poder. Ante esa revelación, el júbilo en el palco no conocía límites. Habíamos ganado.

Aun así, me temo que los espectadores de la calle Ochenta y seis están abocados tarde o temprano al desencanto. Cada vez se estrenan menos películas con títulos que den qué pensar, y la tendencia hoy en día es dejárselo clarísimo a los clientes potenciales, como en *Los diez mandamientos*, *Ataque*, *El sexo opuesto*. Ese tipo de títulos, creo, surgen del temor cíclico en Hollywood de que si algo queda abierto a la imaginación, el público va a estar menos entretenido. Confío en haber dejado claro que hay más formas de entretener a los espectadores de las que se alcanzan a imaginar con esta filosofía.

Advierto por *Variety* que solo hay una película en producción con un título que sigue siendo indescifrable. Se trata de *Té y simpatía*, y si este título está destinado a ser el último de su especie, permitidme reavivar los rescoldos presentando algunos otros de invención propia con las correspondientes tramas. Tal vez mantengan vivo el juego y ofrezcan un mayor disfrute a las multitudes, que, como todos sabemos, tienen la inteligencia media de los niños de doce años. No he registrado estos títulos, de modo que aquí los dejo a disposición de quien tenga a bien usarlos:

*Rápido y mortal*, una del Oeste.

*Si la necesidad llama a tu puerta*, denuncia de los timos con las donaciones.

*La sangre derramada*, drama hospitalario.

*Correr hacia la meta*, historia de fútbol.

*El veneciano y el velo*, melodrama de época situado en el siglo XV.

*Por zancas y por barrancas*, documental de naturaleza o título alternativo para los misterios de Nero Wolfe.

*Apoteosis final*, asesinato en la Filarmónica.

*Garras y fauces*, rodada en la selva.

*Sin prisa pero sin pausa*, documental sobre la vida de provincias.

*Más allá del palio*, historia de pilotos de las Fuerzas Aéreas.

*La paloma y el sapo*, una fábula.

*Pozos ciegos*, trama opcional.

Estas sugerencias deberían bastar para que Hollywood cavile durante un tiempo, pero si no fueran suficientes recomiendo que las autoridades cinematográficas oportunas hagan una encuesta entre los espectadores de cualquier sala de la calle Ochenta y seis para buscar más ideas. Seguro que no se irán de vacío.

## ¿Así es la industria del entretenimiento?

Si lo hice fue solo porque Gerald Gray y su mujer son mis mejores amigos y a él le dije que lo haría, pero no volverá a repetirse. Nunca más me voy a involucrar en nada relacionado con desfiles de moda, quiero decir. Gerald se dedica de un modo vago a la industria del entretenimiento... no, no, no, Gerald se dedica a la industria del entretenimiento; soy yo quien sabe vagamente en qué consiste su trabajo: solo sé que escribe guiones de pasarela y produce desfiles y que se gana muy bien la vida con eso. Nunca hablamos de su trabajo, así que yo no tenía la menor idea de en qué consistía un desfile de moda hasta que me llamó un día y me preguntó si podía ayudar a la chica que se encargaba de la iluminación. Acepté encantada.

Quedé en encontrarme con Clare Waters, la iluminadora, en la Novena Avenida a la altura de la calle Cuarenta y pico, en una curiosa tienda al lado de una comisaría. Gerald me dijo que Clare me diría lo que tenía que hacer. Me cayó bien en el acto: era una chica rellenita de cara alegre, vestida con unos pantalones de franela gris pizarra y una camisa verde a cuadros.

—Cuánto me alegro de que hayas venido —dijo—. Me temo que te morirás de aburrimiento con todo esto, pero me ayudarás mucho si te quedas esperándome en el coche mientras hago los recados. Sabes conducir, ¿no?

—Sí, pero nunca me he movido en coche por Nueva York. De hecho, hace años que no conduzco.

—Creo que en realidad ni siquiera tendrás que conducir. Solo necesito a alguien que se quede esperando en el coche por si hay que moverlo o tengo que dejar el motor en marcha. No te preocupes. ¿Dónde está ese camión?

—¿Qué camión?

—El camión que va a llevarse todo esto. —Apuntó hacia una colección de instrumentos negros, tipo cajas, que parecían señales ferroviarias—. Verás —dijo en voz baja—, voy a hacer una jugarreta.

—Ajá —asentí con prudencia.

—Tengo que meter todo esto en el salón sin que nadie me vea. —Frunció el ceño y se frotó la nariz.

—¿Lo estás robando? —pregunté.

Negó con la cabeza.

—Es el sindicato —dijo.

Clare salió de la tiendecita a la acera y miró hacia el este. Luego miró hacia el oeste. Fui con ella, pero miré hacia la comisaría de policía de al lado.

Varios ancianos merodeaban con arrogancia canallesca frente a la comisaría. Son iguales que los que merodean en el juzgado de Montgomery, pensé: se las arreglaban para dar la impresión de que, aunque retirados, seguían siendo hombres de negocios. Cuando hablaban uno con otro, ladeaban la cabeza dándose aires; uno de ellos nos echó el ojo a Clare y a mí y les dijo algo a sus compadres, que se volvieron y nos miraron. En ese momento llegaron dos agentes de policía escoltando a dos señores sin sombrero que vestían trajes ligeros con unas hombreras muy acolchadas.

—Están trayendo a gente por el caso aquel del ataque con ácido —dijo Clare—. Volvamos adentro.

—Vigilaré por si viene el camión —dije.

Los ancianos se reunieron en un corro, pero se dispersaron cuando un coche patrulla se detuvo delante de la comisaría y salieron tres hombres más con hombreras acolchadas. Los ancianos observaron cómo entraban en el edificio.

Resolví la cuestión: no se cometían ataques con ácido desde hacía muchos años, razoné. *El fantasma de la ópera* hablaba de uno de esos casos. Justo entonces estaba de estreno en la calle Ochenta y seis. Así pues, si la policía era sensata, haría bien en peinar Yorkville en busca del culpable, que sin duda se habría inspirado en la película. Un silogismo perfecto.

Estaba preguntándome si debía advertir a la policía de esto cuando apareció Clare.

—Son las tres y media —dijo—. Maldita sea, anoche estuve en pie hasta las tres y media de la madrugada.

—¿Tienes que trabajar así siempre? —pregunté.

—Sí. Me paso todo el día en este plan. Esperando camiones. Y luego me toca trabajar toda la noche en lo que me he tirado esperando todo el día.

—¿Crees que podré estar de vuelta en mi casa a las cinco? Tengo que arreglarme para ir a una cena.

—Ah, sí. Te traeré de nuevo para las cinco. No te preocupes. ¿Por qué no vas a buscar un café para cada una a la vuelta de la esquina? Y tráeme un sándwich, ¿vale? Llevo sin comer desde ayer.

Caminé dos manzanas hasta encontrar una cafetería. Supuse que le gustaba el jamón y que tomaba el café solo. No acerté, pero el hombre de la tienda de iluminación tenía un poco de leche condensada y también le dio un terrón de azúcar. Clare dijo que no le importaba que fuera de jamón, con el hambre que tenía se comería una suela de zapato.

Cuando llegó el camión, Clare les dijo «Ahora con cuidado» a los transportistas, y «Vamos» a mí. Consiguió meter el equipo de iluminación en el salón de baile sin que nadie la viera porque ni siquiera se acercó por allí. Fuimos a un aparcamiento en la calle Cuarenta y seis. Conducía el coche a través del tráfico del lado oeste con una actitud tan frívola que cerré los ojos hasta que llegamos a la calle Veintitrés con la Sexta Avenida. Se detuvo en la Veintitrés y dejó el coche delante de una señal de prohibido aparcar después de las cuatro de la tarde. Eché una ojeada a mi reloj. Marcaba las cuatro y cinco, pero siempre iba adelantado.

—No tardaré más de diez minutos —me dijo—. Mejor ponte al volante.

—Pero la señal... —repuse con cierta alarma.

—Ah, aquí abajo nunca hay policías. Si viniera alguno, tú solo dile que salgo en un periquete. Sabrás apañártelas.

—Pero...

Clare ya estaba fuera del coche caminando por la acera. La vi desaparecer en un portal. Salió un momento y me gritó algo que no alcancé a oír antes de esfumarse de nuevo.

Me senté a esperar. Vi que otros coches se iban retirando del bordillo hasta que aquel lado de la calle Veintitrés se quedaba desierto hasta donde me alcanzaba la vista.

Naturalmente apareció un policía en su moto. Iba vestido con una chaqueta de cuero negra y una gorra bien calada, pantalones de montar y polainas. Hizo lo que creo que en el mundo del espectáculo se conoce como «amago», porque pasó de largo el coche de Clare hasta el final de la manzana, frenó en seco, dio la vuelta con la motocicleta y vino directo hacia mí.

Se acercó al vehículo y, con un toque en la visera, preguntó:

—¿Ha visto esa señal, señorita?

Puesto que la tenía apenas a un metro de distancia, dije que sí, pero que esperaba a una señora que estaba dentro del edificio.

—¿Le está estorbando el coche? —añadí.

—¿Sabe usted conducir?

—Sí, pero tengo un permiso de Alabama.

El patrullero asumió que cualquiera que pudiese conducir en Alabama podía conducir en Nueva York: una suposición errónea, traté de aclararle, aunque fue en vano.

—Haga lo siguiente —dijo—. Dé vueltas a la manzana hasta que la señora salga. —Pegó un taconazo y arrancó la motocicleta.

Se apartó despacio y por el espejo retrovisor vi que se quedaba rondando detrás del coche. Por lo visto hablaba en serio.

Cuando fui a echar mano al cambio de marchas y pisé el embrague, mi mano derecha agarró el vacío y mi pie izquierdo casi atravesó el suelo. El coche era uno de esos chismes con botones en los que, si sabes cómo, te lo hace todo. Busqué aprisa en el salpicadero y encontré un rectángulo con varias ruedecitas en las que había grabadas N, Dr, R y otras cosas. Siempre he reaccionado bien en caso de emergencia, y enseguida vi que esas eran las posiciones de las marchas si es que hubiera marchas y algo dentro del capó lo movía automáticamente. Encendí el interruptor, pulsé la N, y pisé el acelerador. El coche se puso en marcha y di gas con brío. El motor rugió con resentimiento y el coche no fue a ninguna parte.

N de Neutro, razoné: R de Rodar.

Siento decir que la R era de Recular, pero me complace decir que ya no tenía al policía detrás. Supongo que había ido a rondar a otros malhechores. Finalmente, después de tomar nota mental de escribir a la Chrysler Corporation para reprocharles amablemente la ambigüedad de sus mecanismos, pulsé el botón que resultó ser el correcto y arranqué. Conduje hasta la esquina entre la Séptima Avenida y la calle Veintitrés, donde otro policía me dijo que allí no podía girar a la derecha, así que seguí hasta donde no había ningún agente y giré a la derecha, y luego doblé por la primera calle por la que podía ir hacia el este. Era estrechísima.

Ahora puedo conducir un coche por un banco de arena sin quedarme atascada, puedo surcar una pradera con baches sin pinchar el depósito de la gasolina, o puedo ir como un rayo por una autopista, pero no soy capaz de circular por un puente alto o un callejón estrecho sin sudar a mares y temblar como un flan.

Las manos y la frente me chorreaban cuando volví donde había aparcado Clare. No estaba. Repetí el circuito y, cuando llegué la segunda vez, decidí que tanto si Clare estaba como si no, pararía a esperar.

Y así lo hice, pero no llevaba aparcada ni cinco minutos antes de que mi amigo de la motocicleta viniera de nuevo a visitarme.

Me miró con severidad.

—¿No le he dicho ya una vez que se moviera? —me preguntó.

—Sí —contesté—, me he movido y ahora he vuelto.

—Señora, ¿quiere uno de estos papelitos? —dijo, enseñándome un bloc.

De pronto me vino a la cabeza una frase de una novela victoriana que leí en la escuela. Aquella frase se expresó con tanto acierto que cambió la vida de su receptor, así que cariacontecida bajé la mirada hacia el volante.

—¿Por qué se pone tan tajante conmigo, señor —dije con suavidad—, cuando estoy haciendo lo que buenamente puedo?

Apelar a sus mejores sentimientos no surtió el más mínimo efecto, porque sacó un bolígrafo del bolsillo de la pechera de su chaqueta de cuero y empezó a escribir en el bloc que me había enseñado. Todavía estaba escribiendo cuando apareció Clare. Traía un emparedado de carne chorreante a medio comer.

—¿Dónde estabas? —preguntó—. ¿Qué está haciendo?

—Adivina —contesté.

Dio un mordisco al emparedado y rodeó el coche hasta él, que al ver la cara alegre de Clare dijo:

—No quiero ponerles una multa, señorita. ¿Hacen el favor de subirse al coche y marcharse? ¿Ahora mismo?

—Desde luego —dijo ella, y le sonrió—. ¡Gracias, agente!

—¿Dónde estabas tú? —pregunté mientras Clare arrancaba—. He dado la vuelta a Manhattan con el coche dos veces esperándote.

—No te vi al salir, así que me he metido en esa cafetería...

Justo la pasamos de largo. La cafetería estaba a cuatro puertas del edificio donde Clare había ido a hacer el recado.

—Me he metido ahí y he pedido un bocadillo —dijo—. Estoy muy disgustada, y cuando estoy disgustada me da por comer —añadió—. Como compulsivamente, ¿sabes?

—¿Por qué te has llevado un disgusto?

Me lo contó. Vestuario.

—Pensaba que tú eras la iluminadora.

—Ah, sí, pero debía encargarme de esto también. Tenemos que pasar a buscar algo del decorado aquí mismo. —Aparcó el coche. Estábamos aún en la calle Veintitrés—. Son todos estos detalles.

—Clare —le dije—. No pasaré por lo mismo otra vez. Aquí no puedes aparcar.

—Será solo un minuto. Están en la planta baja.

Nos salvó un joven rubio que salió del edificio y nos hizo señas para que nos moviéramos.

—Te multarán en un abrir y cerrar de ojos —dijo el chico—. Bajad y girad a la derecha a la vuelta de la esquina y quedaos con el motor en marcha. Os dejarán parar así.

Un hombre negro y el joven rubio trajeron unas piezas alargadas y finas del decorado y las ataron a la baca del coche con una cuerdecilla.

—Así aguantará —dijo el negro—. Si no, ya os daréis cuenta.

—Gracias, Boyd —dijo Clare—. ¿Qué hora es?

Según mi reloj, las cinco menos diez.

—Tranquila, que a las cinco estarás de vuelta.

No sé por qué lo hizo, pero Clare se dirigió hacia el este a la primera oportunidad, llegó a la Tercera Avenida y subió hasta llegar a la calle Cuarenta y dos; una vez allí giró hacia el oeste hasta desembocar en Broadway, donde giró al norte.

—Hay un local minúsculo por aquí donde hacen los mejores sándwiches de huevo con tomate de Nueva York —dijo—, si es que puedo encontrarlo. Tengo que hacer una llamada para decirle a esa gente que no cierre hasta que yo llegue. Creo que abren hasta las cinco y media, pero no estoy segura.

—¿Dónde están? —pregunté.

—En la Noventa y uno con la Primera —dijo—. Aquí está el local.

Aparcó en una parada de autobús.

—Clare...

—Ay, no te pongas tan nerviosa —me dijo.

Cuando estoy alterada no me entra ni un bocado; me cruzo de brazos, tensa a más no poder. Pensé que eso era lo que iba a hacer, pero sin darme cuenta ya me había cruzado de brazos y estaba de lo más tensa.

Había un tráfico espantoso. Un autobús que iba a detenerse tuvo que dar un volantazo para no chocar con el coche; no me atreví a mirar al chófer ni a sus pasajeros.

Cuando Clare volvió traía un sándwich de huevo y buenas noticias.

—No van a cerrar —dijo.

De alguna manera llegamos a Central Park, pero no antes de que Clare por poco atropellara a un hombre con un caballo y un cabriolé que le gritó «¡Caray!». A ella no le estaba resultando fácil conducir y mantener el huevo en el interior del sándwich.

—¿Esto es la clase de cosas que te disgustan? —le pregunté.

—¿Conducir? No, no, es el trabajo en sí. No sé por qué me metí en esto. Hay tantos pequeños detalles... Hoy me pasaré toda la noche en danza otra vez. ¿Tienes sobrinos?

—Tres —dije.

—Yo tengo uno nuevo. Nació hace dos semanas y aún no he ido a verlo. Mi hermano vive a ocho manzanas de mi casa.

Llegamos a un sitio complicado en el parque donde desembocaban varias calles. Clare cerró los ojos y siguió adelante. A salvo en el otro lado, volvió a abrirlos y dijo.

—Siempre lo hago. Nunca falla. No, son todas esas minucias y detalles. Dios mío, todavía tengo hambre.

—¿Fumas? —le pregunté—. Eso tal vez...

—Huy, no. Un vicio repugnante. Perdona que te lo diga.

Yo me estaba encendiendo otro cigarrillo con la colilla del anterior.

—No pasa nada —dije.

—¿Dónde vives?

—En la Ochenta y uno con York.

—Bien —dijo—. Puedo dejarte en la Ochenta y seis con la Tercera y luego subir directa hasta la Noventa y uno.

—Fantástico.

—Muchas gracias por echarme una mano —dijo cuando paró en la esquina de la Ochenta y seis con Lexington—. No sabes lo bien que me ha ido tu ayuda. ¿Te puedo llamar otro día?

—Cuando quieras.

—¿Qué hora es? —preguntó.

—Las cinco y veinte.

—¡Estupendo! Todavía estarán ahí. ¡Nos vemos! —Me saludó con la mano y se fue.

El paseo no me sentó bien. Cuando llegué a mi piso fui directa al cuarto de baño, puse el tapón en la bañera y abrí el grifo del agua caliente. Fui al mueble de la cocina y saqué una botella de bourbon y un vaso. Llené el vaso de whiskey hasta la mitad, volví al cuarto de baño y lo dejé en el borde de la bañera. Fui al salón y cogí un libro de la estantería: *Cuarenta años de amistad: Cartas del difunto Henry Scott Holland a la señora Drew*. Me lo llevé al baño también, lo puse junto al vaso de whiskey y me desvestí. Corté el agua hirviendo con fría hasta que estuvo soportable, me metí en la bañera y me bebí mi whiskey y leí mi libro:

> Estoy horrorizado. Llegó un rumor a través de los Clive, creo, de que la señora Gladstone había dicho que el señor Gladstone quería ver un sermón mío... y lo cierto es que mi crédula familia se lo creyó, y mi hermana ha pasado a limpio la cosa y de

hecho lo ha mandado a Hawarden... La mera idea de esa presunción me llena de alarma e indignación. Solo puedo apelar a usted. ¿Tendría la amabilidad de esconderlo y hacer que desaparezca?

No, nunca más. Ni siquiera por Gerald Gray.

# El no va más

Cuando murieron nuestros padres, mi hermana, una abogada solterona, vendió la casa de la familia y construyó otra en una nueva zona del pueblo a la que sus habitantes llamaban The Ridge. Fue una sabia decisión, porque Doe previó la dificultad de hacerse cargo de la casa vieja y de su práctica jurídica: una u otra se resentiría, y cualquiera que conociese a Doe adivinaría enseguida cuál de las dos. La nueva casa era idéntica a ella: había una razón para cada una de sus peculiaridades. Era de estilo georgiano, pero contaba con un corredor techado desde el garaje hasta la cocina: una gota de lluvia y Doe se resfriaba. Había unas puertas holandesas delante, atrás y en el porche de mosquitera lateral: si a Doe se le antojaba pasearse las tardes calurosas de domingo en la camisa del pijama gozaba del divino aire fresco y de su intimidad. La cocina era enorme, anticuada (no quería ni ver una cocina eléctrica en la casa), y sin embargo tan bien organizada como uno de sus alegatos ante la Corte Suprema. Aunque los golpes de aire le desencadenaban episodios de artritis en el hombro (su médico decía que no; Doe decía que su médico no sufría de artritis), había un gran ventilador de ático en el recibidor que ponía en marcha para los invitados. Siempre que Doe se sentaba, sus pies buscaban automáticamente un lugar donde apoyarse un poco por encima del suelo, así que había otomanas delante de cada silla de la sala de estar.

Doe no se encariñó de su nueva casa. Tan solo sentía cariño por tres cosas en este mundo: el estudio y la práctica del Derecho, las camelias y la Iglesia metodista. En cada una era una autoridad. El tiempo dedicado a otros menesteres era tiempo desperdiciado, y por eso yo sentía siempre los quince años que nos llevábamos cuando se veía obligada a levantarse a las dos y media de la mañana para venir a buscarme a Mobile en mi viaje anual a casa. Cuando bajaba por la rampa en el aeropuerto, siempre albergaba el ligero temor de que me recibiera con la mirada de furia y el rictus severo como cuando era niña y venía a sacarme a rastras del cine a una hora intempestiva. Nunca me recibía así, por supuesto. Siempre estaba encantada de verme, y a mí me ponía contenta, porque la quería mucho.

En las dos horas que se tarda en ir en coche de Mobile a Maycomb, Doe me ponía al tanto de las novedades de todo el pueblo, y a continuación pasaba a las camelias, el Gremio del Servicio Wesleyano, y sus contratiempos legales del momento. Los títulos de propiedad y las leyes tributarias nunca me han fascinado, pero era tal el don de Doe para narrar historias que siempre acababa olvidándome de que conducía demasiado rápido, de que le daba por observar con detenimiento cualquier cosa del arcén que le llamara la atención y de que se aferraba al margen derecho de la carretera con tal tenacidad que si alguna vez sufría un accidente sería por obedecer la norma con demasiado ahínco.

Cuando fui por última vez con ella a Maycomb, Dow habló de las camelias durante todo el trayecto. No, sería más acertado decir que en esa ocasión hablar de las camelias suponía hablar de Arthur, su nuevo jardinero, que le agradaba, lo cual era toda una revelación. Hacía menos de un año que vivía en The Ridge, había pasado por cuatro jardineros, y al final los había reducido a meros cortadores del césped, sin permitir que ninguna mano negra tocara sus plantas.

—Me muero de ganas de que veas cómo trabaja —me dijo—. No se parece en nada a nadie que haya puesto una mano en ese jardín. No hace falta decirle una palabra, no hay que estarle encima ni un minuto. El primer día que vino a trabajar, a mediodía ya había cortado todo el césped, y cuando llegué a casa del despacho estaba regándome las camelias. Se me pusieron los pelos de punta, pero cuando inspeccioné los daños resultó que las había podado todas y sin lastimar ni una. Después de eso... bueno, lo dejé a su aire. No tengo que darle ni una sola instrucción, se pone a lo suyo, hace lo que haga falta hacer en el jardín y listo. ¿No es la monda?

Doe me miró tan fijamente que dije «Sí» para que se centrara en la carretera.

—Es el único negro con el que he hablado que entiende lo que le digo cuando se lo digo. Ahora bien, quiero advertirte una cosa, nena. Lleva tiempo acostumbrarse a Arthur.

—¿Acostumbrarse?

—Sí —dijo Doe—. Es un yanqui.

—¿Un qué? —dije.

—Un yanqui. Un yanqui negro.

—¿En Maycomb? ¿En casa?

—Sí —asintió Doe con complacencia. Le encantaba impresionarme, y esta vez lo hizo—. Tiene tanta educación como tienes tú.

—Caray. —Fue lo único que alcancé a comentar. Tal vez era sordo. O quizá fuese un organizador de la Asociación Nacional para el Progreso de las Personas de Color: en tal caso, vaya una armaría Doe, pensé.

—Originariamente procede de algún lugar de Pensilvania —dijo Doe—. Joe y Alice Lindley lo encontraron por ahí abajo en el condado de Abbott y le ofrecieron empleo en su casa. Vive en un cuartito que construyó Joe encima de su garaje y trabaja para ellos cuatro días a la semana. Conmigo viene otro día, y uno más con los Cleburne.

Me concedió un minuto entero para procesarlo.

—A ver, nena —continuó—. Llevará un poco de tiempo acostumbrarse a él. Hay que ponerlo en su sitio de vez en cuando, pero sé amable. No te exasperes. No es como ningún otro negro que hayas conocido.

Preferí no recordarle a Dow que había vivido los últimos siete años en la ciudad de Nueva York, donde entre otras cosas más de ocho millones de personas gozan de las bondades de la democracia.

Pero maldita sea, resultó que sí. No me exasperaba, pero me sentía de lo más incómoda en su presencia. Si hubiéramos estado en Nueva York y no en Maycomb, Alabama, ni me habría fijado en él.

Era un bicho raro. No actuaba con la humildad estudiada y consciente de los licenciados en el Instituto Tuskegee, pero si hubiera sido arrogante en lo más mínimo, si hubiera hecho gala de su educación como del traje de los domingos... si, como los demás en estos tiempos, me hubiera mirado de frente y cohibido a los ojos cuando se dirigía a mí, no me habría dado ningún repelús.

En cambio, Arthur se quedaba perfectamente dentro de todos los límites sureños; se amoldaba a ellos tanto en espíritu como al pie de la letra, no porque fuesen del Sur, sino porque partían de la simple cortesía que un ser humano muestra a otro, y en modo alguno estaban conectados con la interpretación que nadie hiciese de la Constitución.

A Arthur le encantaba el jardín de Doe. Mantenía el césped tan al rape como el pelo de un marinero; por iniciativa propia había hecho un parterre de zinnias en un rincón apartado de la parcela de atrás; se enfrascó con Doe en una complicada labor de injertos del que Arthur sacó ventaja. Incluso los días que trabajaba para los Lindley, no había atardecer que no lo encontrara regando las camelias de Doe. A él le gustaba Doe; le gustaba trabajar para ella, y Doe se portaba bien con él. Cada miércoles le pedía por adelantado un dólar de la paga de los viernes para ir al cine, y de vez en cuando se asomaba por el seto que separaba el terreno de Doe y el de los Lindley para preguntarle a ella si podía cortar unos gladiolos para su cita de la noche. Según Doe, cortejaba a las maestras de color de la escuela y gozaba de un mayor estatus social entre los negros de Maycomb.

—Es porque es medio blanco —decía.

En efecto, lo era: tenía una tez morena, la nariz recta, boca fina y orejas de soplillo. Era ligeramente patizambo y se le empezaba a agrisar el pelo. Calculé que tenía cincuenta y pocos años.

Una noche apareció en la puerta de la cocina y preguntó por Doe. La llamé, y cuando vino Arthur le dijo:

—Señorita Doe, quiero enseñarle unos retratos de mi familia.

Mi hermana se pasó diez minutos admirando a sus parientes. Uno fue a Cornell o algo así, otro estaba en las Fuerzas Aéreas, creo recordar. Eran gente de constitución menuda y cara inteligente.

Doe estaba en lo cierto: exigía un esfuerzo considerable hacerse a Arthur. A su juicio era porque no me acostumbraba a tratar tan de cerca con un negro emancipado, y demostraba que por más tiempo que llevara viviendo fuera, yo siempre sería de Maycomb, Alabama, ante lo que guardaba un silencio impropio en mí, puesto que Doe era una segregacionista redomada y yo no, y lo último que quería era una discusión que me distanciara de la única familia que me quedaba. Supongo que a estas alturas mucha gente domina como yo la primera lección de vivir en casa: si no te gusta lo que oyes, pon la lengua entre los dientes y muerde con fuerza.

Arthur me ponía nerviosa porque dejaba demasiado por decir. Aparte de darme un susto de muerte cada vez que aparecía de improviso, sin hacer ruido, en la puerta de atrás, aparentaba tener las mejores intenciones del mundo. Intenté explicarle a Doe mi sensación una noche.

—Es por el hecho de que esté aquí —dije—. ¿Por qué eligió venir? Es como si tú decidieras empezar a echarte tierra encima, o intentaras levantar una carga demasiado pesada para ti. ¿Por qué ha venido al Sur, sabiendo lo que es?

—Tal vez sea una de esas raras almas que saben lo que en el fondo les conviene —dijo ella—. Tal vez le gusta esta manera de vivir más que el individualismo a ultranza. Aquí no odiamos a la gente de color, ya lo sabes.

—¿Quieres decir que prefiere el despotismo benevolente? Lo dudo.

—Yo prefiero vivir aquí en paz que en la región de los disturbios raciales —dijo Doe.

Eludí un sermón sobre los males de Detroit preguntando:

—¿Qué sabes de él en realidad?

—No más de lo que ya te he contado, y de lo que él mismo ha dicho sobre sus orígenes. Lleva aquí seis meses sin que haya habido el menor problema. Si Joe Lindley dice que es de confianza, a mí me basta. ¿Acaso alguien sabe de verdad algo acerca de los negros?

Abrí la boca para replicar, pero la cerré y me fui a la cama.

Cuando hacía casi dos semanas de mi llegada, a Doe le surgieron unas gestiones en el registro de la propiedad que la obligaban a pasar varios días en Mobile, y la acompañé con la intención de tomar un poco el sol en la playa de Dauphin Island. Nos quedamos en Mobile del lunes al sábado: nos llovió cada día, ni siquiera me acerqué a la playa, Doe estaba irascible porque no acabó la escritura, y para colmo las hierbas del jardín medían más de un palmo de alto cuando volvimos a casa.

Los Lindley ni siquiera hablaban a Arthur: se había ido a Selma a pasar un fin de semana de cinco días sin decir ni una palabra a nadie. Alice Lindley estaba tan indignada que temblaba de rabia mientras nos lo contaba a Doe y a mí, pero Joe dijo:

—Todos tienen que soltarse de vez en cuando.

Arthur estaba avergonzado, a Doe le hizo gracia su escapada, y yo me quedé desconcertada. Como los Lindley mantuvieron un silencio acérrimo durante varios días, Arthur buscó en Doe alguna forma de contacto humano. Jamás habría acudido a mí. Los vi varias veces charlando en el jardín, y en una ocasión, cuando le pregunté a Doe de qué hablaban, me dijo que le había comentado a Arthur que en primavera quería plantar narcisos, y él contestó: «Narciso. Ese es muchacho que se miraba en el estanque». Doe dijo que pensaba aferrarse a él con cadenas de acero, que nunca había visto jardinero igual y nunca lo vería.

—¿Y si se levanta y se larga? —pregunté—. Podría ganar cuatro veces más dinero del que gana por aquí.

—Dudo que se vaya —dijo Doe.

Pero lo hizo.

Fue una semana después, el domingo por la tarde, cuando Joe Lindley pasó por casa para hablar con Doe. Joe era un tanto tímido, así que le pregunté si prefería verla en privado.

—No, tal vez te interese también. Doe —dijo cuando ella apareció—, quiero hablar contigo sobre Arthur. Se ha marchado.

Doe se sentó en el sofá.

—Siéntate, Joe —le pidió.

Joe abrazó con las piernas una otomana, se frotó la nuca y dijo:

—No sé muy bien por dónde empezar.

—Empieza por dónde lo encontrasteis —sugirió Doe.

—Antes de nada, Doe, debes saber que le di a Arthur mi palabra de que no le contaría esto a nadie, pero después de lo que hizo, desde luego debo una explicación tanto a ti como a todo aquel para quien ha trabajado. Me he visto en una postura peculiar con él. Yo te lo quería contar, pero le había dado mi palabra de que no lo haría, así que figúrate.

—Claro, Joe. Lo comprendo —dijo Doe.

—Sí. Bien —dijo Joe, y se detuvo. Empezó de nuevo—: Verás, ha estado en libertad condicional, avalado por mí, los últimos seis meses.

Doe esbozó una sonrisa.

—Imaginaba que era algo así. Tenía toda la pinta.

—A ti no se te escapa una, ¿eh?

—Es a lo que me dedico —dijo ella—. Continúa.

—Estaba visitando a unos parientes por aquí y una noche se envalentonaron todos e intentaron asaltar una tienda. Su viejo coche los dejó tirados antes de que pudieran dar un paso y los trincaran. A Arthur le cayó todo el peso de la ley. Era del Norte y no sabía cómo comportarse delante de un juez. Eso fue hace veinte años.

—¿Estuvo veinte años en la cárcel? —Las líneas tenues entre las cejas de Doe se tensaron como un resorte.

—Veinte años.

—Parece excesivo para un allanamiento rutinario. ¿Me estás dando todos los datos? —Despertaba la abogada que Doe llevaba dentro.

—Sí. Salió en libertad condicional en febrero. Jemson, el alcaide de la prisión, dijo que Arthur era el hombre de color más inteligente que había conocido. Fui a cazar con Jemson un fin de semana, así fue como lo encontré. En casa Alice no podía ocuparse sola de todo, y Jemson tenía interés en que Arthur comenzara con buen pie cuando le dieran la condicional. Dijo que Arthur era el no va más, lo habían educado los yanquis y los guardias le habían enseñado a estar en su sitio.

—Sí —dijo Doe de plano.

—Pues bien, desde el principio le dejé claro que me suponía un gasto contratarlo, al tener que construir ese cuarto para él. Le advertí que no quería reuniones en la parte de atrás, ni bebida, y que con esas condiciones podía instalarse en el cobertizo. Estaría bajo mi responsabilidad y no pensaba consentir que alterara el vecindario.

Joe se movió y se reacomodó en la otomana.

—Tú sabes tan bien como yo que reunía las condiciones más ideales que cualquiera en su situación haya tenido. Alice incluso le enseñó a hacer las camas.

Empujó de una patada la otomana sobre la que descansaba los pies y se levantó.

—Debería haberlo visto venir. Fue cuando compré ese viejo coche de caza. La primera vez que lo vio, me preguntó si se lo vendía. Siempre me andaba detrás con lo mismo, me pedía que se lo descontara de la paga cada semana y, en fin, ni siquiera sabía conducir.

—¿Qué pretendía hacer con el coche? —preguntó Doe.

—Que lo llevaran sus amigos.

Doe suspiró.

—Lo que me da rabia, sin embargo —dijo Joe—, es que le dije que si se quedaba aquí dos años y seguía con un historial limpio, entre todos le conseguiríamos un indulto.

—Yo lo habría hecho —dijo Doe—. Pero ¿qué lo empujó a marcharse de repente sin previo aviso?

—Fue cuando se ausentó sin permiso aquella semana. Le sobrepasó. Me dijo: «Señor Lindley, conduje todo el trayecto hasta Selma en un Buick».

Nos quedamos los tres en silencio. Joe se mordisqueaba el labio superior con los dientes de abajo. Al final dijo:

—Dios sabe que se lo advertí, Doe. Le dije que si dejaba el vecindario, bastaría un paso en falso para que volviera a la trena el resto de su vida. Basta con que choque, en un coche lleno de negros, y adiós Arthur. Lo matarían. Tiene no sé qué disparatada idea de trabajar en un restaurante en Selma.

—¿Has hablado con el agente de la condicional?

—He hablado con el agente de la condicional hasta quedarme afónico diciéndole que eso sería para Arthur lo peor que podía pasarle en la vida. ¿Y sabes lo que hizo?

—¿Quién? ¿El agente de la condicional?

—No. Arthur. Se inventó el cuento de que yo pensaba echarlo de todos modos y le dijo al agente de la condicional que iba a tener que buscarse otro sitio. ¡A mis espaldas!

—Típico —dijo Doe—. Son capaces de cualquier cosa para conseguir lo que quieren.

—Un indulto, para que pudiera ir a cualquier lugar del mundo, un trabajo y un buen hogar para el resto de su vida. ¿Qué más se podría desear?

—Raíces —dijo Doe—. Aquí estaba bastante aislado. Eso nunca lo pierden.

Joe fue hacia la puerta.

—Bueno, pues ya está. Tengo que ir a contárselo al resto de los vecinos. Les dará un ataque. —Me dijo adiós con un gesto de barbilla.

—¿No podrías convencerlo de que se quede? —preguntó Doe.

—Imposible —dijo—. Lo único que tiene en la cabeza es el coche.

—Como los niños.

—¿Sabes lo que me dijo antes de marcharse? Dijo: «Lo siento, señor Lindley, tengo que gozar un poco de la vida antes de ser demasiado mayor para disfrutarla». Dijo: «Dentro de cinco años tendré sesenta, y entonces será demasiado tarde para disfrutar de nada».

Doe negó con la cabeza.

—Sin pensar en el futuro. Sin ningún proyecto de vida en absoluto. —Suspiró de nuevo—. Creía de verdad que él era distinto. No da para más, Joe. No culpes a Arthur. Es un negro, ya está, lo lleva en la sangre.

Estaba empezando a llover, y cerró la puerta cuando Joe se fue. Volvió al salón, me miró enarcando las cejas e hizo una mueca. Cogió el *Montgomery Advertiser*, se sentó y empezó a leerlo por el final, como era su costumbre.

—¿Doe? —dije al cabo de un momento.

—¿Qué? —Me miró asomándose por la esquina del periódico. De repente me sentí como si volviera a tener diez años.

—Nada —contesté.

Siguió leyendo.

# La tierra del dulce porvenir

Los habitantes de Maycomb, Alabama, suelen dar por hecho que una mujer soltera en posesión de poco más que un buen conocimiento de la historia social inglesa necesita a alguien con quien hablar. En Maycomb se le hizo evidente cuando llevaba en casa menos de una semana; le bastaron dos días para darse cuenta de que no podía soportar quince minutos de cortesías con gente a la que conocía de toda la vida sin morirse de asco. El problema, a su parecer, surgía de su incapacidad de dar una respuesta atinada a la pregunta «Bueno, ¿y cómo es Nueva York?», una pregunta seguida inevitable e inmediatamente por una crónica de la situación de quienquiera que estuviese hablando con ella, que le arrojaban tan de repente como un pase lateral.

Habría sido un verano llevadero si su familia hubiera tenido a bien comunicarse con ella, pero su padre y su hermana estaban enfrascados hasta las orejas en una transacción de terrenos madereros, y a cualquier cosa que les dijera le contestaban absortos con bufidos benévolos, que se cargaban de indignación si se empeñaba en tirar del hilo con cualquier estratagema para captar su atención dos minutos seguidos. Las personas a las que había jurado lealtad eterna en la sociedad secreta de la infancia se habían casado hace tiempo y estaban criando niños, una tarea que parecía agotar todas sus energías y su imaginación. La generación anterior a la suya, con hijos a los que se les había pasado la edad de recibir una azotaina, dedicaba su tiempo a la adquisición de electrodomésticos. Ni siquiera podía recrearse con las vistas del pueblo: el Maycomb de su niñez era una cosa; el Maycomb de hoy está salpicado de vulgaridad de neón y de cientos de casitas nuevas que un simple vendaval reduciría de un soplo a remolinos de escombros. Así que dedicaba el verano a las únicas instituciones que encontró más o menos inalteradas: el campo de golf de Maycomb, que cultivó en silencio durante tres meses, y la Iglesia metodista, donde iba cada domingo y cantaba los himnos a pleno pulmón.

No hay nada como un himno de los que te hielan la sangre en las venas para hacerte sentir como en casa. Cualquier sensación de aislamiento que pudiera tener se había marchitado y perecido ante la visión de doscientos pecadores pidiendo de todo corazón verse sumergidos bajo la corriente redentora de un río de aguas carmesíes. Mientras elevaba hacia el Señor el fruto de los desvaríos del señor Cowper o afirmaba que era el Amor lo que la elevaba, Jean Louise fue partícipe del afecto que prevalece entre los muy diversos individuos que, durante una hora a la semana, se encuentran a bordo del mismo barco.

Estaba del todo desprevenida para lo que ocurrió nada más finalizar la colecta, el domingo antes del viernes que debía volver a Nueva York. Los metodistas de Maycomb cantaban la llamada Doxología; de ese modo le ahorraban al ministro el esfuerzo de inventar otra plegaria mientras se pasaba el cepillo, dado que para entonces ya había pronunciado tres saludables invocaciones al Señor. Desde los recuerdos eclesiásticos más tempranos de Jean Louise, Maycomb había cantado la Doxología de una manera, y solo de una: «Alabemos / a Dios / de quien / manan / todas / las bendiciones», una versión tan arraigada en el metodismo sureño como el ritual del servicio fúnebre. Ese domingo, la congregación se estaba aclarando inocentemente la garganta para cantarla a coro, como correspondía, cuando, de sopetón, la señora de Clyde Haskew se puso a tocar al órgano:

*AlabemosaDiosdequienmanan / todaslasbendicio / nes,*
*alábenletodaslascriatu / rasdelatie / rra.*
*Alábenleenloalto / oh / huestescelestia / les.*
*AlabadosseanPadre, / HijoyEspí / rituSan / to.*

Tal fue la confusión que siguió que, si el arzobispo de Canterbury se les hubiera aparecido de pronto vestido con toda su parafernalia, Jean Louise no se habría sorprendido lo más mínimo: los fieles, que no habían advertido ningún cambio en la interpretación que la señora Haskew llevaba haciendo toda la vida, entonaron la Doxología hasta el final como estaban acostumbrados, mientras la señora Haskew se embalaba, frenética, como si aquello fuera la catedral de Salisbury.

Lo primero que pensó Jean Louise fue que Henry Hackett se había vuelto loco. Henry Hackett era el director musical de la Iglesia metodista de Maycomb desde que ella tenía uso de razón. Aquel hombre bueno y grandullón, provisto de una suave voz de barítono, dirigía un coro de solistas reprimidos y poseía una memoria infalible para recordar cuáles eran los himnos favoritos de los superintendentes del distrito. En las diversas guerras eclesiales que formaban parte intrínseca de la fe metodista, se podía contar con que Henry sería el único que mantuviera la calma, dando consejo cuando se le requería y reconciliando a los elementos más primitivos de la congregación con la facción revolucionaria. Había dedicado treinta años de su tiempo libre a la Iglesia, y esta le había recompensado hacía poco con un viaje a un campamento musical metodista en Carolina del Sur.

Su segundo impulso fue echar la culpa al ministro. Hacía tiempo que se sospechaba que tenía tendencias liberales; se llevaba demasiado bien, pensaban algunos, con sus colegas yanquis, recientemente había salido un tanto malparado de una controversia sobre el credo de los apóstoles y, para colmo de males, se decía que era ambicioso. Jean Louise estaba construyendo un caso irrefutable en su contra cuando recordó que el ministro no tenía oído para la música. Así que se volvió hacia Henry y lo miró de hito en hito durante el resto del oficio. Decidió que no estaba enfermo, tan solo cansado, pero a pesar de sus esfuerzos por refrenarse, sintió que su buen humor se convertía en indignado malestar. ¿Cómo se atrevía a cambiarlo? ¿Intentaba conducirlos de nuevo a la Madre Iglesia? ¿Qué creía que estaba haciendo exactamente? Si se hubiera dejado dominar por la razón, se habría dado cuenta de que Henry Hackett, que dirigía con enorme precisión un almacén algodonero seis días por semana, tenía poco o ningún talento para las sutilezas rituales. Cualquiera que fuese su motivo, era noble. Aunque por noble que fuera, ella pensaba que pisaba terreno peligroso, si es que había suelo alguno, pues el metodismo es notoriamente escaso en teología y sumaba en cambio una larga lista de buenas obras.

El ministro había dado la bendición e iba de camino a la puerta cuando ella atrapó a Henry, que se había quedado atrás para cerrar las ventanas. Se dio cuenta de que no era la primera: estaba ya enfrascado en una conversación con un joven alto, cuyas facciones correspondían a la familia Wade, pero que en el cuerpo mostraba una marcada influencia Talbert. Era Talbert Wade, por supuesto. Llevaba sin verlo desde que era un crío.

—... no debería hacerlo así, señor Hackett —le estaba diciendo—. Somos metodistas.

Jean Louise escuchó las razones que el joven Talbert daba al respecto de por qué el señor Hackett no debía hacerlo así. Eran sólidas. Henry interrumpió a Talbert y los presentó.

—Joven —dijo ella—, o has ido a la iglesia en Inglaterra, o has visto por televisión la coronación con considerable perspicacia. ¿Cuál de las dos?

—Ambas —dijo él, y sonrió la mar de ufano.

—¿Henry? —dijo ella.

Henry levantó las manos como para defenderse de lo que se le venía encima.

—A mí no me mires. Así fue como nos dijeron que lo cantáramos en el campamento Charles Wesley.

—No pensarás aceptar algo así sin rechistar, ¿verdad? —dijo ella—. ¿Quién te dijo que lo hicieras?

—El instructor de música. Era de New Jersey. Dio un curso sobre las incorrecciones de la música eclesiástica sureña.

—Conque sí, ¿eh?

—Sí.

—¿Y qué incorrecciones mencionó?

—Dijo que, según cantamos la mayoría de los himnos, lo mismo daría que cantáramos «Arrima el morro al pilón, que mana la Buena Nueva del Señor». Dijo que la iglesia debería prohibir a Fanny Crosby por ley y que *Roca de la eternidad* era una abominación contra el Señor.

—¿De veras?

—Dijo que teníamos que animar la Doxología.

—¿Animarla? ¿Cómo?

—Como la hemos cantado hoy.

Jean Louise se sentó en el primer banco. Al parecer, pensó, nuestros hermanos del Norte no se contentan solo con las actividades de la Corte Suprema: ahora también quieren que cambiemos nuestros himnos.

—Nos dijo que deberíamos deshacernos de los himnos sureños y aprender otros —añadió Henry—. A mí no me gusta. Algunos que a él le parecían preciosos ni siquiera tienen melodía.

—¿Himnos sureños? —repuso ella—. Bien, Henry, analicémoslo. Si no lo he entendido mal, ese señor quiere que cantemos la Doxología igual que la Iglesia de Inglaterra, al pie de la letra, y no obstante va ¿y quiere que nos deshagamos de... de *Permanece conmigo*?

—Correcto.

—De Lyte. ¿Y qué hay de *La cruz excelsa al contemplar*?

—Ese también —dijo Henry—. Nos dio una lista, y creo que ese aparece.

—Conque os dio una lista, ¿eh? Y supongo que *Adelante, soldados de Cristo* está en ella, ¿verdad?

—El primero de todos.

—H. F. Lyte, Isaac Watts, Sabine Baring-Gould. —Se permitió el lujo de pronunciar este último nombre con el acento del condado de Maycomb: alargando las aes y las íes y haciendo pausa entre sílabas. Sentaba de maravilla—. Ingleses todos ellos, Henry, ingleses a carta cabal. Quiere desecharlos, y al mismo tiempo intenta hacernos cantar la Doxología como si estuviéramos en la abadía de Westminster, ¿no es eso? Bueno, pues deja que te diga una cosa...

Jean Louise miró a Henry, que asentía con la cabeza mostrando su acuerdo, y a Talbert Wade, que permanecía en un silencio tal que a ella se le había olvidado que estaba allí.

—Tu amigo es un esnob, Henry, y no hay más que hablar.

—Era un poquito afeminado —afirmó Henry.

—Apuesto a que sí. ¿Vas a hacer caso de todas esas tonterías?

—Cielos, no —respondió él—. Había pensado probar una vez, solo para asegurarme de lo que ya imaginaba. La congregación nunca se lo aprenderá. Además, me gustan los himnos antiguos.

—A mí también, Henry —dijo ella.

Se levantó para irse.

—Bueno, adiós. Te veré a esta misma hora el año que viene. Me marcho el próximo viernes.

Se estrecharon la mano al amparo de sus suaves palabras de despedida. Jean Louise saludó a Talbert con una leve inclinación de la cabeza, y estaba a mitad del camposanto cuando se volvió y descubrió al joven pisándole los talones.

—¿Quieres que te acerque a algún sitio? —preguntó ella.

—No, gracias. Tengo coche.

Mientras se deslizaba bajo el volante se dio cuenta de que aún andaba por allí, indeciso. Era un muchacho agraciado, que combinaba los mejores rasgos de los Talbert y de los Wade. Debía de rondar los veintiún años.

—¿Te parecería bien que me pasara a verte esta tarde? —dijo.

—Por supuesto —dijo, y enseguida cambió de idea.

Quedaban pocos días para jugar al golf, y sería un fastidio sacrificar su rutina del domingo por la tarde para recibir la visita del joven. Lo contempló con cierta pesadumbre: estaría embelesado con Europa; daba la sospechosa impresión de que hubiera regresado de un tour y hubiera pasado a recoger un traje de Brooks Brothers de camino a casa. Saltaba a la vista que era inteligente, pero acabaría de salir del capullo letárgico de la adolescencia a esa edad de implacable claridad en la que toda emoción humana se examina y se etiqueta con esmero; sería sabihondo, sería tremendamente preciso, sería horroroso, y ella sería grosera.

Él percibió su fastidio.

—No te partiría la tarde, ¿verdad? —dijo.

—Claro que no —respondió ella—. Tomas café, ¿no? Estupendo.

Condujo hasta casa. Su padre y su hermana se hallaban en Mobile ese fin de semana, así que estaba sola. Almorzó en la mesa de la cocina, se puso pantalones, se enfurruñó hasta acabar de malhumor y apenas se había echado en la tumbona del porche cuando sonó el timbre.

Talbert no había perdido un segundo. La saludó con un aplomo curioso para un chico de Maycomb. Actuaba con unos modales desenvueltos y tan gráciles como las zancadas de sus largas piernas. Ella empezó a sentirse más a gusto, luego se crispó: probablemente estaría enamorado hasta los tuétanos de sí mismo.

—Pensé que me moría esta mañana en la iglesia —dijo el joven, mientras tomaba asiento.

Jean Louise pensó anhelante en el campo de golf, en la satisfacción que encontraba en el chasquido seco de una bola al golpearla. Con lo que esperaba que pareciera un esfuerzo invisible, intentó ordenar sus sentimientos en una semblanza de ecuanimidad: dale una oportunidad al chico, pensó. Dale al crío una oportunidad.

—Pensé que me moría de la vergüenza —agregó Talbert al ver que no contestaba enseguida.

—Parece que te has recuperado —dijo ella educadamente—. ¿En qué vas a especializarte?

—Economía —dijo él, y eso bastó para que abandonara cualquier generoso impulso de aguantar el chaparrón.

—Pues entonces nos espera una santa tarde —murmuró Jean Louise.

—¿Qué?

—Digo que vaya una santa tarde nos espera.

Si el comentario lo hirió, no lo dejó entrever; con lo cual la impertinencia de ella se hizo evidente.

—Ya sabes cómo es Maycomb —añadió—. En este pueblo no hay nada mejor que hacer un domingo que leer *Vivir y morir en santidad*.

—Sí —sonrió él—. Llevo una semana en casa y ya empiezo a sentirme como Augustus J. C. Hare.

—¿Qué? —exclamó ella.

—Decía que llevo...

—Disculpa, Talbert, te he oído la primera vez... —Lo escrutó con detenimiento. Aún no era un hombre hecho y derecho: tenía la cara y las manos tersas, como si todavía no hubiera fraguado en el molde de la madurez—. Solo me preguntaba de qué firmamento enrarecido sacaste a Augustus J. C. Hare.

—Me matas a veces con esa forma de hablar —dijo Talbert—. Esta mañana...

—Más ganas tendré aún de matarte si no me dices de qué diablos conoces tú a Augustus J. C. Hare —contestó ella sin miramientos.

—Bah, ya sabes... —El chico levantó las manos perezosamente, con las palmas hacia arriba, y las dejó caer sobre el regazo—. Se mezcló con todos aquellos Maurice cuando era niño y le pusieron corsés y pinzas y le quitaban la cena de delante para que no le diera por la gula y siempre mandaban al tío Julius a sacarlo de debajo de la cama. El tío Julius se casó con una Maurice, que como ya sabes era la mejor amiga de la madre adoptiva de Augustus, así que lo criaron en la fe evangelista y el pobre tenía treinta y cinco años cuando...

Por segunda vez aquel domingo, se quedó muda del pasmo.

—... cuando... ya sabes... ¡Y cada vez que lo hacía, ponía una gran cruz negra en su diario!

Con cierto apuro, le dijo a Talbert que iba a buscar el café. A salvo en la cocina, se inclinó sobre el fregadero ahogando la risa. Un tanto desconcertada, intentó cribar el relato de Talbert en busca de la fuente original: las memorias de Hare, por supuesto, aunque también recordaba vagamente que ese último dato aparecía en uno de los ensayos más oscuros de Somerset Maugham.

«Vaya», pensó.

Pero le sirvió café a Talbert sin hacer ningún comentario. Distaba mucho de confiar en él: a buen seguro aquel era el número que Talbert tenía ensayado para entretener a las mujeres mayores que él, y estaba convencida de que a ella la veía como un caso de decadencia avanzada. Había conocido a muchos de su especie; se los podía encontrar a montones sentados en el borde de los sofás de los apartamentos del Upper East Side. Decidió ir al ataque, derribarlo y zanjar la cuestión rápidamente. Aún tendría tiempo de hacer dieciocho hoyos antes de que anocheciera.

—¿Recuerdas cuando el tío Julius se comprometió en matrimonio? —preguntó con naturalidad, sacando a relucir la artillería pesada.

Talbert miró un poste de la luz a lo lejos.

—«Fue el más funesto de los desposorios» —citó—. «Esther sollozaba y se deshacía en llanto, mi madre sollozaba y se deshacía en llanto, el tío Julius sollozaba y se deshacía en llanto a diario. Solía verlos sentados y tomados de la mano a orillas del Rotha». Eso está en el primer volumen.

—Vaya un joven portento —dijo ella.

Talbert se regodeaba como un cachorro en cada muestra de elogio que le hacía.

—¿Se puede saber qué te hizo memorizar *La historia de mi vida*? —preguntó—. Se te ve bastante atlético.

—Cuando lo leí, me encantó.

—Esa no es una respuesta. ¿Qué más has leído? Cosas de este tipo, me refiero.

—Deja de mirarme así e intentaré contestar.

Jean Louise era una de esas personas que cuando expresan aprobación parecen enfurecidas, y no reparó hasta entonces en que había clavado a Talbert en el asiento como si fuera una polilla. Lo liberó con la sonrisa más cordial que fue capaz de poner, y él se relajó.

—Lo siento mucho. Continúa.

—Bueno, podría decirse que los victorianos son una especie de afición mía. Leo cualquier cosa sobre ellos que cae en mis manos.

—¿Ah sí? ¿Y qué te hizo sumergirte en el siglo XIX?

—Añoraba esto.

—¿Esto?

—Verás, he pasado tres años en el noroeste. Allí todo es distinto. Tú lo sabes. Bueno, mis padres decían que Alabama se me quedaba pequeño, así que me hicieron ir al noroeste. Al principio fue un infierno, pero poco a poco pasó lo peor. En fin, tuve que leer *La reina Victoria*, de Strachey... ¿no es lo más grande que has leído jamás?

—No —dijo ella.

—Bueno, el caso es que tuve que leerla para un curso de lite y me recordaba tanto a Maycomb que una cosa llevó a la otra, ya sabes.

—¿Cómo que te recordaba tanto a Maycomb?

Talbert asintió.

—Las familias y eso. Toda la cháchara que había...

—¿Las familias y eso?

—Sí. Ya sabes, que todos sean parientes o casi. Es igual que aquí, en el condado de Maycomb.

—Talbert —dijo ella con formidable paciencia—, ¿cómo van a ser todos parientes o casi?

—Bueno, ya sabes. Veamos. Te acuerdas de Frank Buckland, ¿verdad?

Muy a su pesar, se sintió poco a poco atraída hacia el fantástico mundo de Talbert.

—¿Te refieres al naturalista? ¿Que llevaba peces muertos por ahí en su maletín y tenía un chacal en sus habitaciones?

—El mismo. Te acuerdas de Matthew Arnold, ¿no?

Ella asintió.

—Bueno, pues Frank Buckland era hijo del hermano del marido de la hermana del padre de Arnold. Por lo tanto, eran casi parientes. ¿Lo ves?

—Sí, pero...

Talbert escrutó con la mirada un geranio rojo en el rincón del porche.

—¿No se casó tu hermano —dijo él despacio— con la prima segunda de la esposa del hijo de su tío abuelo?

Jean Louise se tapó los ojos con las manos y se concentró para pensar.

—Sí —reconoció por fin—. Talbert, creo que has dicho una incongruencia, aunque no estoy muy segura.

—Bueno, todo es lo mismo, en realidad.

Ella dijo que cualquiera capaz de enderezar a los Arnold y a los Buckland de un solo golpe merecía una medalla o que lo encerraran. En un manicomio, añadió.

—Además, Talbert —dijo—, he hecho algo más que aventurarme en esta materia durante quince años, y hasta ahora no he logrado ver ninguna conexión con Maycomb, Alabama.

—Eso es porque no has mirado —repuso él.

—Bueno, debo confesar que no tenía Maycomb en la cabeza cuando exploraba el Movimiento de Oxford.

—El señor Hackett y tú me lo habéis recordado vivamente esta mañana —dijo Talbert—. Apuesto a que empezó así.

Jean Louise le contó a Talbert que el pistoletazo que marcó los inicios del Movimiento de Oxford lo dio el reverendo John Keble el 14 de julio de 1833 con un sermón titulado *Apostasía nacional*, del cual ella tenía por ahí un ejemplar en su apartamento de Nueva York; con mucho gusto se lo mandaría por correo para que lo examinara, y lo desafió a encontrar cualquier cosa que pudiera recordar a los acontecimientos de esa mañana. Hablaba con aspereza, porque en el fondo sabía que llevaba las de perder: ignoraba cómo, pero el muchacho tenía toda la razón del mundo y sus comparaciones eran inopinadamente correctas. Aplastó sin piedad el repentino impulso de considerar a los hermanos noéticos como un sexteto de violines con el rector de Oriel a la batuta.

—... alguien en Maycomb que realmente es la viva estampa de cada victoriano que haya existido jamás. ¿Te acuerdas del viejo deán Stanley?

—¿Cómo dices, Talbert?

—Te acuerdas del viejo Stanley, el deán, ¿verdad?

—Sí. —Aquel clérigo distraído, menudo y de cabello algodonoso y su fiel lady Augusta volvieron a colarse en sus recuerdos suavemente, y respiró hondo para seguir las disquisiciones de Talbert.

—¿No te recuerda a Finckney Sewell?

—Desde luego que no —respondió ella.

—A ver, sabes que cuando Stanley era deán de Westminster desenterró a casi todos los difuntos de la abadía buscando a Jacobo II, ¿o fue Jacobo I?

—¡Dios mío! —exclamó ella.

Durante la Depresión, el señor Fink Sewell, un vecino de Maycomb conocido desde hacía tiempo por su libertad de pensamiento, desenterró a su propio abuelo y le extrajo todos los dientes de oro para saldar una hipoteca. Cuando el sheriff fue a detenerlo por saqueo de tumbas y acaparamiento de oro, el señor Fink argumentó que, si su abuelo no era suyo, ¿de quién era? El sheriff contestó que el viejo señor M. F. Sewell estaba enterrado en terreno público, pero el señor Fink respondió puntillosamente que, a su modo de ver, aquella era su plaza en el cementerio, aquel su abuelito y aquellos sus dientes, y se negó a dejarse detener. La opinión pública en Maycomb se puso de su parte: el señor Fink era un hombre honorable que intentaba por todos los medios pagar sus deudas, y la ley no volvió a molestarlo.

—Por supuesto, las excavaciones del deán Stanley se basaban en las razones históricas más elevadas —dijo ella, y plantó los pies con fuerza en el suelo para no subirse por las paredes.

—Sí —repuso Talbert—, pero las mentes de ambos funcionaban exactamente igual. Es innegable que Stanley invitó a predicar en la abadía a todos los herejes que pudo encontrar. Recordarás que apoyaba al obispo Colenso.

Sí, lo recordaba. El obispo Colenso, cuyos puntos de vista sobre cualquier asunto se consideraban insensatos en aquella época, se había convertido en la causa predilecta del deán, y cuando el obispo se vio ante la amenaza de tener que colgar los hábitos, Stanley pronunció un categórico discurso en su defensa preguntando si alguien había reparado en que era el único obispo de las colonias que se había molestado en traducir la Biblia al zulú, que era mucho más de lo que había hecho el resto.

—Fink era igual que él —afirmó Talbert—. Mi madre dice que una noche en la iglesia declaró que el licor lo había llevado a la ruina solo por ayudar a los defensores de la Ley Seca, y según ella nunca probó una gota. Dice que se suscribió al *Wall Street Journal* en los peores momentos de la Depresión y retó a cualquiera a que dijese algo al respecto. Al señor Jeddo, el de la oficina postal, casi le daba un síncope cada vez que colocaba el correo.

Jean Louise miró fijamente a Talbert. Los Wade habían sido amigos de su familia durante generaciones; casi parientes, reflexionó con sorna. La mente, el corazón, los actos de cualquiera de los Wade le resultaban tan predecibles como los días de la semana: todos los miembros del clan seguían una senda tribal marcada por la integridad, la insulsez y el negocio del algodón. Talbert era una estrafalaria mutación.

—... igual que él —seguía diciendo Talbert—, o fijémonos en Harriet Martineau...

La mente de Jean Louise saltó desenfrenada al Distrito de los Lagos y se quedó un rato en suspenso antes de posarse con incertidumbre en las obras de la señora de Humphry Ward.

—¿No decía la señora de Humphry Ward que nunca recordaba si la señorita Martineau era una atea cautivadora o una cautiva ateísta? —le preguntó, intentando volver a zambullirse de lleno en la conversación.

—No lo sé, pero ¿te acuerdas de la señora de E. C. B. Franklin?

Sí, se acordaba, y buscó a tientas en su memoria a través de los años. La historia es relativamente parca en las galas de la señorita Martineau, pero las de la señora de E. C. B. eran memorables: boina escocesa de ganchillo, vestido de ganchillo que dejaba entrever polainas rosas de ganchillo y medias de ganchillo. Todos los sábados, la señora de E. C. B. recorría a pie los casi cinco kilómetros que separaban su granja, llamada Cape Jessamine Copse, de la ciudad. La señora de E. C. B. escribía poesía; Harriet Martineau también.

—¿Te acuerdas de las poetisas menores? —preguntó Talbert.

—Sí —dijo ella.

—La señora de E. C. B. era todas ellas en una.

—Sí, Talbert.

De pequeña, Jean Louise había pasado una temporada trabajando como botones en la oficina del *Maycomb County Tribune*, y había presenciado varios altercados entre la señora de E. C. B. y el señor Underwood, entre ellos el último y definitivo. El señor Underwood, un impresor de los de antaño, no aguantaba tonterías. Trabajaba todo el día en una inmensa linotipia negra, refrescándose a ratos con una jarra de inofensivo licor de cereza. Un sábado, la señora de E. C. B. se presentó en la oficina con una ocurrencia lírica que el señor Underwood se negó a publicar alegando que no quería poner en ridículo al *Tribune*: era un obituario en verso dedicado a una vaca y comenzaba así:

*Oh, vaca que ya no eres mía...*

Contenía, además, graves vulneraciones de la doctrina cristiana. El señor Underwood dijo: «Las vacas no van al cielo», a lo cual replicó la señora de E. C. B.: «Bueno, pues esta sí», y procedió a explicarle el concepto de licencia poética. El señor Underwood, que en su juventud había publicado versos panegíricos de índole difusa, respondió que aun así no podía publicar aquello porque era blasfemo y no se ajustaba a la métrica, así que para dejar claro su descontento la señora de E. C. B. sacó una caja de tipos y esparció las letras del anuncio de Biggs Store por toda la oficina. El señor Underwood, para dejar claro su descontento, se bebió un enorme trago de licor de cereza delante de sus narices, tragó y se fue derecho a la plaza del juzgado sin dejar de maldecirla por el camino. Después de aquello, en lugar de publicarlos en el *Maycomb County Tribune*, la señora E. C. B. mandaba sus obras a Tuscaloosa para que le hicieran ediciones privadas. El condado acusó aquella pérdida.

—Ya sabes...

Jean Louise bajó de las nubes.

—Ya sabes, compartían el mismo tipo de espíritu con el que nos educaron. Por eso no me canso de leerlas —estaba diciendo Talbert—. Sobre todo cuando estoy varado en el noroeste. Allí arriba la naturaleza humana brilla por su ausencia... No son como nosotros.

—A mí me parece —comentó ella, en un último intento desesperado— que para la nostalgia sería más lógico refugiarse en Faulkner o alguien por el estilo...

—Encuentro a Faulkner completamente inverosímil.

La cara que puso hizo a Talbert sonreír. Una sonrisa tímida al principio, que se ensanchó sin disimulo mientras se frotaba el lado izquierdo de la nariz con el índice derecho.

Cielos, pensó ella, si hasta ha adquirido sus gestos.

—¿Más café, Talbert? —le preguntó.

—Sí, por favor.

Mientras iba hacia la cocina, se detuvo en la puerta, se dio la vuelta y dijo:

—Talbert, ¿por casualidad juegas al golf?

—Desde luego que sí.

Jean Louise lavó y secó las tazas, puso otra cafetera y mientras esperaba a que arrancara a hervir, se preguntó por qué había dudado jamás que todo sucede para mejor en este, el mejor de los mundos posibles.

# Ensayos y miscelánea

# El amor, en otras palabras

(*Vogue*, 1961)

Hace muchos años un caduco miembro de la casa de Hannover, al enterarse de que el deber de dar un heredero al trono de Inglaterra había recaído de repente sobre él y sus hermanos, confesó su sobresalto a su amigo Thomas Creevey: «Son ya veintisiete años los que madame Saint Laurent y yo llevamos viviendo juntos; tenemos la misma edad y hemos estado a las duras y las maduras, hemos capeado las dificultades mano a mano, así que se imaginará usted la pena que me daría tener que decirle adiós... y además no sé qué va a ser de ella si se me impone un matrimonio...».

Ante la curiosidad que le despertó el dilema del duque de Kent, el señor Creevey registró el incidente en su diario y conservó así para nosotros una declaración atemporal. El hombre que la hizo no estaba dotado de especial ingenio, ni había llevado una vida de interés, y sin embargo recordamos su grito apasionado y tendemos a olvidar su principal servicio a la humanidad: fue el padre de la reina Victoria.

¿Qué nos reveló el duque de Kent? Que dos personas habían compartido sus vidas por propia voluntad durante casi treinta años, un logro notable en sí mismo; que habían sobrevivido a los frenesíes y las zozobras de una relación íntima; que juntos habían hecho frente a los rigores y las desilusiones de la vida;

que la idea de abandonarla para él supone una agonía. En una elegante frase, el duque de Kent dijo todo lo que hay que decir sobre el amor que siente un hombre por una mujer.

Y al decirlo así, nos revela mucho más acerca del amor mismo. Amar es amar, pero existen un sinfín de manifestaciones distintas:

Al oír un ruido extraño durante la noche, una madre se levanta de la cama de un salto y no descansará hasta que cada rincón de su dominio quede a resguardo de sus temores. Un hombre alza la vista del campo donde está jugando al golf para observar la estela de un avión a reacción que surca el cielo. Un ama de casa, antes de irse en coche al pueblo, avisa a su vecina por si quiere que le traiga algo de la tienda. Estas son manifestaciones de una fuerza que nace en nosotros y que por necesidad debemos llamar divina, puesto que no es invención del ser humano.

¿Qué es el amor? Muchas cosas se parecen al amor, desde luego: hay amor en la piedad, en la compasión, en el idilio, en el afecto. Lo que hizo de la frase del duque de Kent una declaración de amor, y lo que nos hace llevar a cabo sin pensarlo dos veces pequeños actos de amor cada día de nuestra vida, es un elemento que brilla por su ausencia. De estar presente, el duque de Kent habría dejado a su amante sin pena alguna; la barrera del sonido rompiéndose sobre su cabeza no despertaría a la madre; hacer un hoyo sería el principal objetivo del jugador del golf; el ama de casa iría directa a la tienda sin pensar en su vecina. Una cosa identifica el amor y lo distingue de emociones afines: amar no admite egoísmo.

La compasión está al alcance de unos pocos; para algunos un idilio es solo una palabra, y para otros la capacidad de sentir afecto ha muerto hace mucho tiempo; pero todos, en un momento u otro de nuestras vidas, sea un instante o para siempre, nos hemos olvidado de nosotros mismos: hemos amado algo o a alguien. Amar plantea una paradoja: para tener amor hay que darlo. Amar no es intransitivo: el amor es una acción directa de la mente y el cuerpo.

Sin amor, la vida no tiene sentido y es peligrosa. El hombre pone rumbo a Venus, pero todavía no ha aprendido a convivir con su mujer. El hombre ha logrado aumentar su esperanza de vida, y sin embargo extermina a seis millones de sus hermanos de un plumazo. El hombre tiene ahora la capacidad de destruirse y destruir el planeta: y sin duda lo hará... si deja de amar.

Los obstáculos más comunes para el amor son la codicia, la envidia, el orgullo, y otros cuatro impulsos que se conocen como pecados. Hay uno más igual de peligroso: el aburrimiento. La mente que apenas puede encontrar ilusión en la vida es una mente moribunda; la mente que no es capaz de encontrar en el mundo algo que la atraiga está muerta, y el cuerpo que la alberga tal vez esté muerto también, pues ¿de qué sirven los cinco sentidos a un espíritu que no los goza?

Tras comprender finalmente que debe amar o destruirse, el ser humano sigue adelante por la senda habitual intentando desarrollar una técnica para conseguirlo. El propósito último del psicoanálisis, una vez superada su semántica particular, es liberar al hombre de sus neurosis y propiciar así su capacidad de amar, y la capacidad de amar de un hombre se mide por el grado de libertad que tiene respecto a los impulsos que lo lastran hacia su interior. Así como cuando hundes un corcho hasta el fondo de un arroyo, el amor puede ser prisionero de uno mismo: sin ese peso, el amor asciende hasta la superficie de la existencia humana.

Con amor cualquier cosa es posible.

El amor repara. Hemos oído muchas historias sobre el poder del amor para sanar, y las miramos con escepticismo, porque somos humanos y tendemos a negar la existencia de cosas que no entendemos y no podemos explicar. Sin embargo, esta anécdota sucedió de verdad:

Una tarde de agosto, en un hospital sureño de provincias, yacía un anciano moribundo. La familia se había reunido allí, entre otros el mayor de sus nietos, un muchacho de dieciséis años. Tenía con su abuelo una relación curiosa, parca en palabras, como suelen ser las cosas entre hombre y hombre. El chico no había dicho nada en todo el día. Era como si no pudiese hablar. En vez de esperar a que falleciera el anciano junto al resto de la familia en el vestíbulo del hospital, el chico buscó una silla y se apostó en el pasillo junto a la puerta de su abuelo, donde permaneció el día entero, ajeno a los trajines almidonados de la rutina del hospital. Al caer la noche el médico de la familia encontró al muchacho todavía sentado allí, todavía en silencio.

—Vete a casa, hijo —dijo el doctor—. No hay nada que puedas hacer por tu abuelo.

El chico no le prestó atención, y el médico entró en la habitación solo para salir al cabo de unos momentos, visiblemente desconcertado.

—Emmm... hijo —musitó. El muchacho levantó la mirada—. Está pidiendo algo de comer. Se encuentra mejor.

Sin delatar sorpresa, el chico asintió.

—Suponía que ya debía de tener hambre —dijo, la primera frase que articulaba en todo el día. Cogió la silla, la puso donde la había encontrado, y se alejó por el pasillo, estirando su cuerpo larguirucho y bostezando.

—¿Dónde vas, muchacho? —lo llamó el médico.

—A buscarle una hamburguesa —contestó el chico—. Las hamburguesas le gustan.

No hay una explicación satisfactoria para la percepción extrasensorial: simplemente existe. No hay una explicación racional para la recuperación del anciano: simplemente ocurrió. Solo cabe maravillarse.

El amor transforma. ¿Por qué resulta que la cita que estamos buscando, cuando no damos con ella en la Biblia o en Shakespeare, muy a menudo aparece en el *Quijote*? Porque Cervantes, por puro amor a la vida, la inmortalizó en todos sus matices. ¿Por qué, aun cuando conocemos cada línea, debemos detenernos a escuchar *El Mesías* cada vez que suena? Porque cada nota nació del amor de un hombre a su Dios, y lo oímos. Probad este experimento: atrapad (si podéis) a alguien que deteste la música barroca; hacedle escuchar cualquier parte de *Sémele*; después sentaos a observar cómo su interés por cortesía pasa a ser interés compulsivo: ved a vuestro cautivo convertirse en cautivo de Händel. La avaricia nunca escribió una buena novela; el odio no pintó *El nacimiento de Venus*; tampoco la envidia nos reveló que el cuadrado de la hipotenusa es igual a la suma de los cuadrados de los catetos. Cada creación de la mente humana que haya soportado el embate del tiempo nació del amor: el amor por algo o alguien. Es posible incluso amar las matemáticas.

La historia de la humanidad contiene innumerables testimonios del poder del amor, pero ninguno roza siquiera la transformación que sufrió el por lo demás cascarrabias san Pablo al abordar el asunto: amando, describió el amor mismo y nos concedió un milagro. Escuchad:

«Si yo hablase lenguas humanas y angélicas, y no tengo amor, vengo a ser como metal que resuena, o címbalo que retiñe. Y si tuviese profecía, y entendiese todos los misterios y toda ciencia, y si tuviese toda la fe, de tal manera que trasladase los montes, y no tengo amor, nada soy...».

Después de san Pablo hemos hecho lo que hemos podido, pero ni dando lo mejor de nosotros nos hemos acercado nunca.

El amor purifica. El sufrimiento jamás purificó a nadie; el sufrimiento tan solo acentúa los impulsos que llevamos dentro. Cualquier acto de amor, sin embargo, por insignificante que sea, calma la opresión de la angustia, nos da un atisbo del mañana y aligera el yugo de nuestros temores. El amor, a diferencia de la virtud, no trae consigo su propia recompensa. La recompensa del amor es la paz interior, y la paz interior es el fin del anhelo humano.

# Pan de chicharrones

(*The Artists' and Writers' Cookbook*, 1961)

Primero, atrapa el cerdo. Luego mándalo al matadero más cercano. Cocina al horno lo que te devuelvan. Separa la manteca sólida y tira lo demás. Fríe la manteca, escurre la grasa líquida, y mezcla los restos (llamados «chicharrones») con:

1 taza y ½ de harina blanca
1 cucharadita de sal
1 cucharadita de polvo de hornear
1 huevo
1 taza de leche

Cocina en el horno bien caliente hasta que se dore (unos 15 minutos).

Resultado: una torta de pan crujiente para 6. Coste total: unos 250 dólares, dependiendo del tamaño del cerdo. Algunos historiadores dicen que esta receta bastó para que cayera la Confederación.

# La Navidad para mí

(*McCall's*, 1961)

Hace años estaba viviendo en Nueva York y trabajando para una compañía aérea, así que nunca podía volver a casa, a Alabama, por Navidad. Y eso si tenía el día libre, claro. A una sureña desplazada la Navidad en Nueva York puede despertarle cierta melancolía, no tanto porque el escenario se le haga extraño a alguien que está lejos de casa, sino por lo familiar que resulta. Los neoyorkinos al ir de compras demuestran la misma determinación que los parsimoniosos sureños; las orquestas del Ejército de Salvación y los villancicos suenan igual en el mundo entero; en esa época del año, las calles de Nueva York relucen mojadas con la misma llovizna que empapa los campos de Alabama en invierno.

Echaba de menos pasar la Navidad en casa, o eso creía. En realidad, lo que echaba de menos era un recuerdo, un recuerdo de antaño con personas que ya se habían ido, de la casa de mis abuelos llena a reventar de primos, zarzaparrilla y acebo. Echaba de menos el sonido de las botas de caza, las súbitas ráfagas de aire frío que abrían las puertas y atravesaban el aroma de agujas de pino y salsa de ostras. Echaba de menos la máscara de rectitud de mi hermano en Nochebuena y el ronroneo grave con que mi padre cantaba «Regocijaos, Jesús nació».

En Nueva York solía pasar el día, o lo que quedaba de él, con mis amigos más íntimos en Manhattan. Eran una joven familia que a rachas nadaba en la abundancia. A rachas, porque quien sostenía el hogar se dedicaba al precario oficio de escribir para ganarse la vida. Era brillante y vivaz, su único defecto de carácter era un desmesurado amor por los juegos de palabras. Poseía un rasgo curioso no solo en un escritor sino en un hombre joven con cargas familiares: transmitía un optimismo intrépido, no de quien cree que por desear algo se cumple, sino de quien ve una meta asequible y se atreve a correr riesgos para alcanzarla. Su audacia a veces dejaba a sus amigos boquiabiertos; ¿quién en sus circunstancias se aventuraría a comprar un adosado en Manhattan? Su sagaz don de mando hizo que la empresa culminara con éxito: mientras que la mayoría de la gente joven se conforma con soñar con esas cosas, él hizo realidad ese sueño por su familia y sació el afán tribal de tener un suelo propio bajo sus pies. Había llegado a Nueva York del suroeste y, siguiendo un patrón característico de todos los originarios de allí, encontró a la chica más hermosa en el este y enseguida se casó con ella.

De esta criatura etérea y sumamente femenina nacieron dos robustos hijos que, conforme fueron creciendo, descubrieron que su frágil madre era capaz de soltar unos sopapos insuperables. Derrochaba amor, sin embargo, y se pasaba horas en la cocina preparando oscuras y viscosas delicias para su familia y sus amigos.

Formaban una bonita pareja, sana de mente y cuerpo, feliz con las ajetreadísimas vidas que llevaban. Intereses comunes, así como un gran cariño, hicieron que me acercara a ellos: entre nosotros circulaba un incesante flujo de material de lectura; nos gustaba el mismo tipo de teatro, de cine, de música; nos reíamos de las mismas cosas, y nos reíamos tanto en aquellos tiempos...

Nuestras Navidades juntos eran sencillas. Limitábamos los regalos a poco dinero y mucho ingenio en una competición sin tregua. ¿A quién se le ocurría el más descabellado pagando el mínimo? La verdadera Navidad era para los niños, una idea que a mí me parecía totalmente compatible, puesto que había dejado hace mucho de especular sobre el sentido de la Navidad más allá de un día especial para los niños. La Navidad para mí era solo un recuerdo de viejas querencias y habitaciones vacías, algo que enterraba con el pasado y que resucitaba vagamente, con añoranza, una vez al año.

No obstante, una Navidad fue distinta. Tuve suerte. Me tocó todo el día libre, así que pasé con ellos la Nochebuena. Cuando llegó la mañana, me despertó una manita estrujándome la cara. «Bu», fue todo lo que a su dueño le dio tiempo a decir. Bajé las escaleras justo a tiempo para ver las caritas de los chicos maravillados con los cohetes en miniatura y los equipos espaciales que les había traído Santa Claus. Al principio acariciaron casi con timidez los juguetes con los dedos. Cuando acabaron de examinarlos, los dos chicos trasladaron todo al centro del salón.

Continuó el alboroto hasta que descubrieron que había más. Mientras su padre empezaba a repartir los regalos, sonreí para mis adentros preguntándome cómo se recibirían mis taimadísimos hallazgos este año: el suyo era la lámina de un retrato de Sydney Smith que había encontrado por treinta y cinco centavos; el de ella eran las obras completas de Margot Asquith, tras un año de paciente búsqueda. Los niños se debatían agónicamente valorando qué paquete abrir acto seguido, y entretanto me fijé en que aunque un montoncito de regalos se apilaban al lado de la silla de su madre, yo no había recibido ni uno solo. Mi desilusión iba en aumento, pero traté de que no se me notara.

Se lo tomaron con calma. Finalmente, ella dijo:

—No nos hemos olvidado de ti. Mira en el árbol.

Había un sobre con mi nombre en el árbol. Lo abrí y leí la nota: «Tienes un año libre de tu trabajo para escribir lo que te apetezca. Feliz Navidad».

—¿Qué significa esto? —pregunté.

—Lo que pone —fue su respuesta.

Me aseguraron que no se trataba de una broma. Habían tenido un buen año, dijeron. Habían ahorrado algo de dinero y pensaban que ya era hora de que hicieran algo conmigo.

—¿En qué sentido, hacer algo conmigo?

A decir verdad, si realmente quería saberlo, pensaban que tenía un gran talento y...

—¿Qué os hace pensar eso?

Saltaba a la vista de cualquiera que me conociese, dijeron, a poco que se pararan a mirar. Querían demostrar su fe en mí lo mejor que sabían. No importaba si alguna vez vendía una sola línea. Querían darme una oportunidad plena y justa para aprender el oficio, libre de las ataduras de un empleo fijo. ¿Aceptaría su regalo? Sin condiciones ni compromisos. Por favor, lo hacían con todo el cariño del mundo.

Cuando conseguí recobrar la voz, les pregunté si habían perdido la cabeza. ¿Qué les hacía pensar que saldría algo de todo eso? No podían permitirse derrochar ese dinero. Un año era mucho tiempo. ¿Y si caían enfermos los niños? Objeción tras objeción, las fueron rebatiendo.

—Somos todos jóvenes —dijeron—. Podemos hacer frente a lo que venga. Si llega una desgracia, siempre puedes buscar un trabajo de lo que sea. Vale, considéralo un préstamo si quieres. Simplemente queremos que aceptes. Que nos dejes creer en ti, nada más. Debes.

—Es una apuesta descabellada —murmuré—. Un riesgo enorme.

Mi amigo paseó la mirada por el salón, mirando a sus chicos, medio enterrados en una pila de reluciente papel de regalo. Vi que le brillaban los ojos cuando encontró los de su mujer e intercambiaron una mirada que me pareció cargada de una arrogancia insufrible. Entonces me miró y dijo en voz baja:

—No, cielo. No es ningún riesgo. Jugamos sobre seguro.

Fuera estaba nevando, un fenómeno curioso para una Navidad en Nueva York. Me acerqué a la ventana, anonadada por el milagro. Los árboles de Navidad al otro lado de la calle se veían tenuemente difuminados, y la luz del fuego hacía bailar las sombras de los niños en la pared junto a mí. Una oportunidad plena y justa para una nueva vida. Que se me ofrecía no como un gesto de generosidad, sino como un acto de amor. «Nuestra fe en ti» era lo único que de hecho les había oído decir. Daría lo mejor de mí para no fallarles. La nieve seguía cayendo sobre la acera. Los tejados rojizos se cubrieron poco a poco de blanco. A lo lejos, las luces de los rascacielos brillaban con los símbolos amarillos del final solitario de una carretera, y mientras miraba de pie en la ventana las luces y la nieve, la añoranza de un viejo recuerdo me abandonó para siempre.

## Sobre Gregory Peck

(Revista del American Film Institute)

Cuando llegué a California para asistir a la primera semana del rodaje de *Matar a un ruiseñor* no iba en un estado de completa inocencia. Al haberme familiarizado con el trabajo del productor, el director, el guionista y el actor que iba a protagonizar la película, sabía que la novela estaba en buenas manos. Todos eran profesionales consumados de gran talento.

Me fascinó ver cómo se hacen las cosas en un plató. Se estaba montando un barrio de un pueblo sureño, en los inicios de la Gran Depresión, y me enseñaron cómo algunas de las casas servirían para un doble propósito: para la cámara, Maycomb, Alabama; para los actores, camerinos, además de un aula escolar para los niños del reparto.

Mientras echaba un vistazo, el equipo trajo unos árboles enormes y los colocó en su sitio.

—En ese necesitamos un nudo en la madera —dijo el director.

—Tengo uno en casa —dijo el ayudante de dirección—. Mañana lo traigo.

Cuando me llevaron a un estudio de sonido, encontré reproducida a una escala mucho menor la sala del juzgado de mi localidad natal en Alabama. Exacta y precisa en cada detalle, pero señalé que Gregory Peck con su más de metro noventa rozaría la galería. Sin embargo, cuando miré a través de la cámara, la sala de alguna manera se había ampliado para que cupiera la gente.

Nudos portátiles en la madera, juzgados expansibles, todo era magia.

En las pruebas de vestuario, mientras los actores paseaban delante de la cámara, me maravillé del esmero con que habían elegido el reparto: eran casi como los personajes que yo había imaginado. Sensacional de momento, pero ¡faltaba Atticus! Justo cuando me preguntaba cómo sería, se abrió la puerta de la casa de los Finch y apareció.

Un traje ligero de verano, la cadena del reloj de bolsillo a través del chaleco, sombrero de paja y gafas de pasta. Un Gregory Peck esbelto y todavía joven había ganado corpulencia y solidez hasta aparentar el aire de un hombre en los cincuenta y tantos. La ilusión era plena.

Tan plena como alcanzaba a captar el ojo. Cuando empezó el rodaje, fue un alivio oír que los intérpretes que no eran autóctonos tampoco habían puesto especial ahínco en imitar los acentos sureños. Nada vacía más rápido una sala de cine en el Sur que actores que suenan impostados. Gregory Peck demostraba una contención admirable: en los ensayos y en las pocas escenas que vi filmadas, se permitió una sola indulgencia inofensiva, un discreto «tú» sureño. Allí había una lección para todos los jóvenes guionistas de cine: cuando se habla, frases escritas en un implacable dialecto sureño crean la ilusión de voces sureñas.

Abandoné California sintiéndome de lo más afortunada. Un gran reparto de actores, un gran director, un guion que era en sí mismo una obra de arte. Un grupo de profesionales inteligentísimos que respetaban mi trabajo: ¿a qué más podía aspirar una novelista?

Yo no aspiraba a nada más. Cuando más adelante ese mismo año vi la película terminada, me llevé una sorpresa que marca todavía uno de los momentos álgidos de mi vida.

Asistí a una actuación inspirada.

Misteriosamente, el Atticus Finch de Gregory Peck trascendía la ilusión.

Los actores son reacios a revelar los secretos de su oficio. Con el paso del tiempo, con más de veinticinco años de amistad compartida, el misterio de aquella actuación se ha ido desvelando poco a poco, para mi inmensa gratificación y constante deleite. Sé lo que Gregory Peck, profesional consumado y de talento, aportó al papel: una parte de sí mismo.

# Cuando los niños descubren América

(*McCall's*, 1965)

Wordsworth estaba en lo cierto cuando decía que venimos al mundo arrastrando nubes de gloria, que nacemos con un sentido divino de la percepción. A medida que nos hacemos mayores, el mundo se nos va cerrando y perdemos gradualmente la frescura de la perspectiva que teníamos cuando éramos niños. Por eso creo que los niños deberían conocer este país desde la más tierna infancia.

No creo que el ciudadano más joven, o incluso el más hastiado, pudiera ir a Washington y recorrer el Capitolio o el Instituto Smithsoniano sin tener la sensación de que sí, somos algo; sí, tenemos una historia. Tal vez sea breve, pero cada ínfimo suceso que la compone ha contribuido a convertirnos en lo que somos, y eso es algo que se puede percibir en Washington.

Personalmente, llevaría a los niños al Sur, quizá a Charleston, una pequeña ciudad de gran carácter e interés histórico, una ciudad portuaria con un aire inconfundible de lo que fue. A los niños en el Lejano Oeste les enseñaría San Francisco. Los chinos de allí son unos americanos maravillosos. Son gente con su propia cultura ancestral y, sin embargo, se han convertido en parte de nuestra civilización. Nueva Inglaterra, por supuesto: en otoño, puedes embriagarte contemplando los arces. Y esa primera estampa de las Rocosas desde las llanuras de Colorado.

Atraviesas kilómetros y kilómetros de llanura y, de repente, ahí están, con sus cumbres nevadas en toda su majestuosidad. Océanos y playas... La costa del golfo de Florida, bordeando Naples y Sarasota, con sus verdes aguas y sus bajíos. Y la parte de mi hogar, con sus bosques de pinos, densos y hermosos.

Me gustaría enseñarles a los niños mi pueblo, mi calle, a mis vecinos. Vivo en la esquina. El vecino de al lado es barbero, y su mujer tiene una boutique de ropa. El vecino del final de la calle tiene una tienda de comestibles, y el que vive al pie de la cuesta es profesor. El vecino de atrás es médico; el de más atrás es boticario. Si los niños estuvieran de visita —del extranjero o de otras partes del país— les ofrecería galletas y helado, y los llevaría al parque con el lago y la piscina, y mi cocinera, Mary, les prepararía una enorme tarta cubierta de caramelo, y para cenar les daría verduras frescas del huerto y pollo sureño bien cocinado.

Y luego los dejaríamos solos para que exploraran a su aire. Cuando eres niño, es asfixiante tener a los adultos a tu lado en todo momento para contarte y explicarte hasta el último detalle. Un espíritu joven con ansias de explorar pierde el sentido del descubrimiento si está rodeado de adultos a todas horas para dar respuestas directas a cada cosa.

No creo, por ejemplo, que haya que señalarle el Monumento a Abraham Lincoln a ningún ser humano de ninguna edad. Yo dejaría que los niños descubrieran su belleza, su misterio y su grandeza. Ya harán preguntas más tarde. Ningún niño puede salir del Monumento a Lincoln sin hacerse preguntas, a menudo preguntas importantes.

Si más jóvenes viajaran con los ojos y la mente abiertos y vieran este país, tendrían una percepción más profunda de su tierra. Aventurarse a recorrer el país está pasado de moda.

¿Qué fue de aquello de trabajar después de clase en una verdulería para conseguir dinero y poder ir en autostop hasta California durante las vacaciones? Puede que mi sobrino menor sea uno de los últimos que lo han hecho, y lo hizo con quince años. Sus padres estaban muertos de miedo, pero el chico logró ir a la Exposición Universal. Su madre le había cosido un billete de autobús en el dobladillo del pantalón, pero él juró que nunca lo usaría. Acabó en Chicago y vivió a base de leche y panecillos durante tres días porque no tenía dinero. Cuando por fin llegó a casa había perdido diez kilos, pero era el chico más feliz que jamás he visto. Había descubierto América por sí mismo. Significará algo para él el resto de su vida.

Puede que los niños más pequeños no respondan con palabras, pero lo asimilarán todo con una mirada llena de asombro y tomarán conciencia. Es una experiencia que disfrutarán y recordarán para siempre, y hará que se sientan más orgullosos de su propio país.

# Truman Capote

(*The Book of the Month Club Newsletter*, enero de 1966)

Un frío día de otoño en 1959, Truman Capote partió hacia Kansas armado con un baúl de víveres que bastaba para garantizar varias semanas de subsistencia en aquella tierra inhóspita, sin sospechar que iba a dedicar los cinco años siguientes a una obra infinitamente tentadora y un verdadero desafío a su genio.

Al principio fue como estar en otro planeta: un vasto territorio indiferente a las criaturas que lo transitaban, una población suspicaz que recelaba de cualquier forastero, inviernos que arrecían hasta los huesos antes de dar paso a primaveras asfixiantes de polvo y veranos abrasadores. Sin embargo, con el tiempo Truman acabaría tan integrado en el condado de Finney, Kansas, como los rótulos que proclaman a pie de carretera las muchas virtudes de esos parajes.

Lo que encontró en Kansas se halla en las páginas de *A sangre fría*. ¿Qué encontró Kansas en Truman Capote? Para empezar, una apariencia engañosa. Ves una cabeza bellamente modelada, manos sensibles, un porte grácil, ojos azules tras unas gafas gruesas. La primera impresión cambia repentinamente al advertir la fuerza con la que sin proponérselo te estrecha la mano, y con razón, porque bajo las elegantes líneas de su traje se oculta un cuerpo macizo y el vigor de diez batallones juntos.

Cuando topas con su tenacidad, las primeras impresiones fracasan por completo: he aquí una aguda inteligencia, un sentido de la observación sumamente entrenado, una intuición capaz de hacer cálculos precisos a la velocidad del rayo. Si percibes una mirada impersonal, percibes asimismo un total compromiso y un firme propósito: rasgos compartidos, curiosamente, por criminales y genios.

Truman nació en Nueva Orleans en 1924, y después de una infancia desdichada, nómada, publicó su primera obra a los dieciséis años: algo que no sorprende si pensamos que empezó a escribir desde el momento en que empezó a leer. De niño, Truman estaba interesado en poco más. Fue entonces cuando desarrolló su vocación, las disciplinas del lenguaje y de la propia conciencia necesarias para su arte; nació con lo demás. Acabó su primera novela (perdida para la posteridad, por desgracia) con diez años.

Nunca tuvo una infancia, en realidad: su pasmosa inteligencia se confundía con el desatino; su hartazgo con los estudios reglados se tomaba por apatía; su interés insaciable en las pulsiones humanas se tachaba de curiosidad malsana. Pero él seguía su propio criterio y en su distanciamiento cultivó su oficio calladamente. Con los años Truman alcanzó la maestría en cualquier forma literaria que quisiera emplear.

Es un escritor de cuentos de primera fila: «Miriam» es ya un clásico. Tenía veintitrés años cuando *Otras voces, otros ámbitos* estableció su reputación como novelista. Después siguieron (no necesariamente en este orden) más relatos, una feliz incursión en el guion cinematográfico con *La burla del diablo*, la obra de teatro musical *House of Flowers* («Una casa de flores»), *Se oyen las musas* y *Desayuno en Tiffany's*, entre otras obras. Todas son distintas, cada una lleva el mismo sello de sensibilidad y buen hacer.

Es un vagabundo nato. Desde la edad adulta ha vivido en diversas partes del mundo: Francia, Haití, Italia, Sicilia, África, Grecia, Rusia, Suiza. Siempre sensible a lo que le rodea, Truman se asentó por primera vez en las llanuras del oeste con el sarcasmo del general Grant: se propuso batirlo en ese frente, aunque tardara todo el verano. Tardó más.

Además de recibir sus dones literarios con una inocencia a veces exasperante, el Kansas rural desveló que los rasgos personales de Truman Capote quedaban gratamente acentuados por una incontenible capacidad de disfrutar. Nunca se aburre y nunca es aburrido. Su conversación es áspera; su ingenio mordaz se suaviza hasta la risa fácil. Nada le gusta más que surcar el paisaje en coches deportivos veloces. Cuando tiene la oportunidad, nadará una milla mar adentro. Pone los discos de jazz a todo volumen y no hay que insistirle para que baile un twist de su propia invención llamado «Estoy que me salgo». Rara vez va al cine, pero cuando le da por ahí ve tres películas en un día. Le gusta la comodidad; colecciona pisapapeles antiguos; en su casa viven un bulldog gordo y un gato flaco, ambos viajeros, ambos mimados.

Cuando sus habitantes se acercaron lo suficiente como para hacerse una idea menos superficial, Kansas descubrió que era, en espíritu, un aristócrata: Truman aspira a la excelencia; sufre a los tontos solo cuando es necesario; es impaciente con el mal gusto y no puede tolerar la mediocridad en la escritura ni en los demás. Por instinto es demócrata: tiene amigos de toda condición que hablan una desconcertante variedad de lenguas. La gente siempre reacciona bruscamente a su presencia, a veces con atisbos de envidia, más a menudo con la sensación de que cuando él entra en sus vidas les da lo mejor de sí.

Durante más de cinco años Truman Capote dio a Kansas lo mejor de sí: una identificación absoluta, un compromiso total. Llevó a cabo una labor épica: el material que reunió en el curso de su trabajo es del tamaño de una duna de arena (en Kansas, de una montaña modesta). Al principio experimentó un marcado extrañamiento, pero poco a poco, con infinita paciencia, se fue integrando en la región, mimetizándose con la tierra y mirando con sus dotes únicas el interior de muchos corazones.

Kansas pasará el resto de sus días en el tentador juego de descubrir a Truman; lo que Truman encontró en Kansas hará que gente de todas partes se descubra a sí misma.

## Romance y grandes aventuras

(Conferencia pronunciada en el Festival del Patrimonio de Alabama de 1983; publicada en *Clearings in the Thicket*, Mercer University Press, 1985)

Albert James Pickett nació en 1810 en el condado de Anson, Carolina del Norte, y se trasladó con su familia al actual condado de Autauga, Alabama, en 1818, donde su padre estableció una plantación y una casa de comercio. Recibió «la educación de un caballero», es decir, fue a la academia militar en Connecticut y la Academia Condal de Stafford en Virginia. En 1830 regresó a casa. Aunque adquirió grandes extensiones de tierra cerca de la plantación de su padre, Pickett no tenía espíritu de granjero. La agricultura, dijo, «no ocupaba ni una cuarta parte de mi tiempo. Sin gusto por la política y sin haber estudiado nunca una profesión, decidí escribir una historia». Fue una suerte para nosotros que lo hiciera.

Tras pasar más de diecisiete años recopilando el material, Pickett empezó a escribir su *History of Alabama* [«Historia de Alabama»] en 1847. Se publicó en 1851 y, tras pasar por varias ediciones hasta 1900, estuvo descatalogada hasta 1962, cuando se reeditó como una especie de curiosidad histórica.

A los estadounidenses nos gusta meter nuestra cultura en envases desechables. Nunca se hace eso más evidente que en el modo en que abordamos nuestro pasado. Desechamos pueblos, aldeas, incluso ciudades, cuando envejecen, y ahora estamos en proceso de desechar los anales de la historia, no en una trituradora, sino reescribiéndola como un romance. Nos chifla ver los docudramas de la televisión; preferimos leer una historia de la Revolución americana vista a través de los ojos de la última amante del loco Anthony Wayne. No tiene nada de malo leer ficción histórica: tal vez dos tercios de los clásicos mundiales están escritos en esa forma. Pero en estos tiempos reina la impaciencia; más que nunca parece que queramos cualquier cosa salvo los hechos verdaderos: tememos que la realidad sea aburrida, exigente y, lo peor de todo, que carezca de suspense.

Así pues, me complace enormemente recordar a los miembros de mi generación (que lo han leído todos) e informar a los más jóvenes de entre nosotros de que, a pesar de que relata los hechos verdaderos, la *Historia de Alabama* de Pickett es una obra tan cargada de romance y grandes aventuras que hasta John Jakes aguzaría el oído y prestaría atención.

En lo que abarcaría unos pocos párrafos dentro de una panorámica de la historia americana, Pickett necesitó seiscientas sesenta y nueve páginas para desplegar un relato más espeluznante que cualquier cosa que se haya visto en televisión. De hecho, en términos actuales, es casi como si Pickett hubiera paseado una cámara en un primer plano implacable y sin pestañear sobre un periodo de la historia de Alabama en el que ya casi nunca pensamos, un periodo que a veces parece que solo vive en nuestros topónimos y en los rótulos de las carreteras. (¿Dónde estaban los maubila? ¿En algún lugar del Tombigbee? ¿Dónde estaban los tookabatcha? ¿En el Coosa, o era el Tallapoosa? Tal vez en el Alabama. Eran los nombres de pueblos apartados y distintos, con su propia historia).

En un estilo de prosa que se sitúa entre Macaulay y Bulwer-Lytton, la historia de Pickett se abre con un relato estremecedor sobre el avance de Hernando de Soto por nuestro estado, en el que destruyó casi todo a su paso, incluidos los mobilianos y a su gigantesco jefe, Tuscaloosa, el Guerrero Negro.

De haber sido un historiador moderno, Pickett habría seguido directamente adelante a partir de ahí, pero «como ningún europeo pisó nuestro suelo durante casi un siglo y medio», Pickett se entretuvo entre De Soto y la llegada de los franceses con cinco capítulos de lectura compulsiva. En una larga digresión que describe a los habitantes nativos de lo que hoy son Alabama, Georgia y Misisipi, escribió una historia social en miniatura capaz de competir con cualquier obra moderna. Solo por estos capítulos, creo que Pickett merece un lugar en la literatura estadounidense.

Los encontramos a todos, pero las tribus más destacadas eran los feroces e insolentes chickasaws, que acabaron con De Soto en algún lugar de Misisipi; los elocuentes choctaws, que no sabían nadar, no eran agresivos cuando no defendían su propio territorio y destacaban incluso entre los suyos por sus repugnantes ritos funerarios. En el noreste se encontraban los relativamente afables cherokees, y en el oeste los aristocráticos y despóticos natchez. En el centro de la escena estaban los muscogees, más tarde conocidos como los creeks, que, tras introducirse en el estado ocupando el vacío que dejó De Soto, formaron una confederación con los alabamas y el resto de las tribus esquilmadas. La historia de Pickett es en esencia la de los creeks y los pueblos que los destruyeron.

Los creeks eran un pueblo extraordinario. Su estructura social y política era tan compleja como cualquier otra europea y, en algunos aspectos, mucho más avanzada que la de los primeros colonos. El divorcio, por ejemplo, era a elección de cualquiera de las partes y con solo una ligera ventaja para el hombre: él podía volver a casarse de inmediato, pero la mujer tenía que esperar hasta que terminara la Danza del Maíz Verde. «El matrimonio —decía Pickett— no otorgaba al marido ningún derecho sobre los bienes de la mujer, ni el control o la crianza de los hijos que pudiera tener de ella». El adulterio, sin embargo, era otro asunto. Las penas y los castigos por ese divertimento hacían que fuese una práctica infrecuente.

Eran un pueblo gregario. «Su juego más varonil e importante era "el juego de pelota"», afirmaba Pickett; parecía ser una versión del lacrosse. Los guerreros de un pueblo desafiaban a los de otro, y «durante varios días antes del momento, los que tenían intención de participar en la diversión tomaban una medicina, como si fueran a la guerra». En presencia de la multitud, los jugadores «se precipitaban unos contra otros con gran ímpetu [...] a menudo resultaban gravemente heridos, y a veces morían, en la fragorosa y despiadada lucha [...] Mientras tanto, las mujeres mantenían una alerta constante con vasijas y calabazas llenas de agua, atentas a cualquier oportunidad para abastecer a los jugadores. A veces ocurría que los habitantes de un pueblo se jugaban todos sus ponis, joyas y prendas de vestir...». ¿Os suena de algo? Todos los fines de semana de otoño e invierno los habitantes de Alabama se dedican a actividades similares.

Su religión, parte integrante de todo cuanto hacían, era tan compleja y estructurada que haría las delicias del corazón de un fariseo. De hecho, Pickett nos deleita con las teorías de un tal James Adair, que vivió entre los indios durante más de treinta años y salió de la selva en 1775 con un grueso tomo que pretendía demostrar que los creeks y sus vecinos eran en realidad judíos. Tras observar las intrincadas similitudes de ambas religiones, el factor decisivo para Adair fue ver a los guerreros bailar «alrededor de la hoguera sagrada, mientras el sumo sacerdote invocaba al Gran Espíritu y los demás respondían *Halelu! Halelu!* y luego *Haleluiah! Haleluiah!*».

La narración que hace Pickett de los sufrimientos, luchas y masacres de los primeros colonos, la apertura gradual de la región al comercio, las diversas guerras y alianzas de las tres codiciosas potencias —Gran Bretaña, Francia y España— es de un grado de detalle fascinante. Seguimos la suerte del Sieur de Bienville, a quien debieron de nombrar gobernador de la colonia francesa por error, porque era un hombre decente, incorruptible y, en conjunto, benévolo. Por el camino nos encontramos con el general inglés James Oglethorpe y su experimento filantrópico en Georgia, y de paso echamos un vistazo a John y Charles Wesley. Conocemos a intrigantes, pícaros y vagabundos; decenas de personajes secundarios cobran vida en estas páginas: una elegante dama de picos pardos en la selva que afirma ser cuñada del zar de Rusia; el valeroso Beaudrot, que da nombre a tantos sureños, aunque no sabemos exactamente por qué; el comerciante judío Abram Mordecai, que pasó cincuenta años en la jungla y al que cortaron una oreja por sus escarceos amorosos con una india casada.

A lo largo de los años, cuando los indios se sentían demasiado presionados por las constantes intrusiones de los europeos, siempre respondían a las promesas incumplidas con una violencia salvaje, hasta que apareció entre los creeks un gran caudillo, Alexander McGillivray, que los condujo al punto culminante de su historia. La del propio McGillivray y su familia debería ser tan conocida para todos los habitantes de Alabama que no la repetiré, pero sí diré que, si los creeks tuvieron alguna vez la oportunidad de sobrevivir como nación, fue con él. Aun así, en los diecisiete años de su espectacular liderazgo, McGillivray demostró tener los pies de barro: sus intrigas con el flamante gobierno estadounidense y con las autoridades españolas de Florida, en aras de su engrandecimiento personal, llevaron a los creeks al borde de la extinción.

Los indios odiaban a los nuevos americanos incluso más de lo que odiaban a británicos, franceses y españoles; eran más todavía. La segunda venta de las tierras de Yazoo (la primera fue un fiasco) hizo que llegaran más colonos que nunca, esta vez bajo la protección del gobierno estadounidense.

Los americanos establecieron puestos de avanzada y pequeños fuertes en los ríos de Alabama, desbrozaron los bosques y, poco a poco, crearon una sociedad reconocible en el páramo, en ocasiones casándose con los descendientes de los primeros colonos que se habían casado con indios. Muchas de las familias más antiguas de Alabama pueden señalar con orgullo su herencia india.

Ahora, una nota de advertencia: cuando pensamos en la historia de Alabama pensamos en la esclavitud, y así debe ser. En 1540, cuando De Soto llegó con sus esclavos, se encontró con que los indios se esclavizaban unos a otros; cuando los franceses importaron por primera vez esclavos africanos, estos acabaron comprados por indios prósperos o capturados como trofeo en las incursiones. En 1847, cuando Pickett empezó a escribir su historia, la esclavitud era un hecho y él la trata como tal, así que no os escandalicéis. La esclavitud, todavía recordaréis, es la institución más antigua de la humanidad, y abolirla es el único avance moral fundamental que el hombre occidental ha llevado a cabo hasta ahora.

Pues bien, justo cuando todo el mundo se estaba asentando y los agentes del gobierno ayudaban a gestionar los asuntos indígenas, Estados Unidos y Gran Bretaña entraron en guerra. Los indios habían dado permiso para que la nueva carretera federal atravesara el corazón de su territorio, lo que significaba aún más emigrantes, y los creeks, según decía Pickett, «con su sagacidad habitual, previeron que pronto iban a verse acorralados por los georgianos, por un lado, y los tombigbee, por el otro». Los españoles del Sur también odiaban a los emigrantes. Agentes británicos, que operaban en Canadá y como huéspedes de los españoles en Pensacola, instaron a los creeks a aliarse con ellos contra los estadounidenses, y desde Detroit enviaron a Alabama a un evangelista que solo puedo describir como un antepasado directo del ayatolá Jomeini.

El jefe Tecumseh, un shawnee con fama de guerrero en toda la nación, y su profeta jefe descendieron sobre las aldeas creek predicando el fuego y la revolución. La descripción que hace Pickett de su actuación en la capital creek, Tookabatcha, ante un gran consejo indio, es escalofriante. He aquí un resumen de las observaciones de Tecumseh: volved a vuestras costumbres primitivas, desechad el arado y el telar; convertíos de nuevo en guerreros; alejaos de la codiciosa raza blanca sin principios; cuando hayan talado vuestros hermosos bosques y ensuciado vuestros ríos cristalinos, os someterán a la servidumbre, igual que a los africanos; vestíos de nuevo con las pieles de las bestias, usad el garrote en la guerra, el cuchillo para arrancar cabelleras y el arco; expulsadlos y destruidlos.

El profeta supremo de Tecumseh también estaba ocupado. Creó una escuela de conjuros y formó a profetas locales en una magia nueva y poderosa. Aunque la tropa bebió el brebaje mágico con entusiasmo, el Gran Guerrero de Tookabatcha se mostró escéptico. Tecumseh dijo: «No quieres luchar. Conozco el motivo. No crees que el Gran Espíritu me haya enviado. Vas a creerlo... Iré directamente a Detroit. Cuando llegue allí daré un pisotón en el suelo y haré temblar todas las casas de Tookabatcha».

Los indios corrientes, según Pickett, creyeron hasta la última palabra de la amenaza de Tecumseh, y contaron los días que tardaba en llegar a Detroit. «Un día —dijo Pickett— se oyó un poderoso estruendo en la tierra, las casas de Tookabatcha se sacudieron y se tambalearon, y volvieron a tambalearse». Como si un terremoto fortuito no bastara, los británicos en Pensacola proporcionaron un incentivo más para la guerra: ofrecieron a los indios diez dólares por cabellera.

Los Bastones Rojos —los partidarios de la guerra, los fundamentalistas— arrasaron Alabama. Las familias creek estaban divididas (entre ellas, la de Alexander McGillivray) y lucharon entre sí y contra los estadounidenses. No fue hasta después de la masacre del Fuerte Mims, encabezada por el sobrino de McGillivray, William Weatherford, cuando llegó la ayuda del Norte.

Los de Andrew Jackson, con sus partidarios de Tennessee en Talladega, y el general Claiborne en el Sur, en Holy Ground —donde, por cierto, encontraron a la hermana de Alexander McGillivray atada a una estaca al pie de una hoguera, y donde su sobrino, Weatherford, que la había puesto allí, llevó a cabo su famosa fuga—, fueron combates que empezaron a anunciar el final de la guerra, que llegó, como todos sabemos, en unas pocas horas furiosas en Horseshoe Bend, en el condado de Tallapoosa.

La reunión del renacimiento de Tecumseh en Tookabatcha resultó en que los creeks perdieran casi la mitad de lo que hoy es Alabama y que acabaran expulsados del estado.

Pickett puso punto final a su historia con la entrada de Alabama en la Unión en 1819. «A alguien más aficionado que nosotros a los áridos detalles de la legislación estatal y al feroz espíritu de partido le dejamos la tarea de llevar la historia a un periodo posterior», concluyó.

Me pregunto, sin embargo, si fue ese el auténtico motivo. Creo que Pickett se dejó el corazón en Horseshoe Bend. No creo que tuviera ningún deseo de escribir sobre el destino final de la nación creek, de los cherokees, de los chickasaws y choctaws, que se decidió dentro del curso de su propia vida.

La *Historia de Alabama* de Pickett, este tesoro único, yace ahora oculto en viejas estanterías familiares, a menudo desechado por las bibliotecas, y de cuando en cuando aparece en ventas de saldos, y desde luego no es un manual que se siga en nuestras escuelas. En mi opinión, debería estar en todas las bibliotecas escolares del estado.

No tengo ni idea de lo que los historiadores de hoy en día piensan de Albert Pickett; lo valoran muy poco, supongo, porque la historia de Pickett se compone de dramas insignificantes dentro de un inmenso drama, en gran parte extraída de los recuerdos de quienes estuvieron allí, de individuos cuya valentía y sacrificio crearon el estado de Alabama. A Pickett, las técnicas modernas de investigación y la objetividad profesional le resultaban desconocidas, como lo eran para sus contemporáneos Macaulay y Prescott, pero ¿quién los lee ya?

# Carta abierta a Oprah Winfrey

(*O Magazine*, 2006)

*7 de mayo de 2006*

Querida Oprah:

¿Recuerdas cuándo aprendiste a leer o, como yo, ni siquiera recuerdas un tiempo en que no supieras? Debí de aprender porque mi familia me leía. Mis hermanas y mi hermano, mucho mayores, leían en voz alta para que no les molestara; mi madre me leía un cuento cada día, normalmente un clásico infantil, y mi padre leía de los cuatro periódicos que le llegaban cada noche. Luego, por supuesto, estaban las fábulas del tío Wiggily a la hora de dormir.

Así que llegué a primer curso alfabetizada, con una curiosa asimilación cultural de la historia americana, el romance, los Rover Boys, Rapunzel y la prensa de Mobile. ¿Indicios tempranos de genialidad? Ni mucho menos. Leer era una afición que compartía con varios contemporáneos locales. ¿Por qué esa precocidad endémica? Porque donde yo nací, en un pueblo remoto a principios de los años treinta, los jóvenes teníamos poco que hacer salvo leer. ¿Ir al cine? No muy a menudo; las películas no eran para los niños pequeños. ¿Jugar en un parque? Ni pensarlo. Hablamos de calles sin asfaltar y de la Gran Depresión.

Los libros escaseaban. No había nada que pudiera llamarse propiamente «biblioteca pública», estábamos a cientos de kilómetros de la sección de libros de unos grandes almacenes, así que los niños empezamos a hacer circular material de lectura entre nosotros hasta que agotamos las existencias. Había largas temporadas de sequía interrumpidas por los libros que nos regalaban en Navidad, cuando comenzaba una nueva ronda. Según nos hacíamos mayores, nos íbamos dando cuenta de lo que valían nuestros libros: uno de Ana de las Tejas Verdes valía lo mismo que dos de los gemelos Bobbsey; dos de los Rover Boys eran un intercambio justo por dos de Tom Swift. Los caprichos estéticos quedaban en segundo plano frente a la emoción de cada nueva adquisición. La meta, una serie completa, solo la alcanzó en una ocasión un individuo de codicia excepcional: intercambió el cochecito de muñecas de su hermana.

Nosotros éramos unos privilegiados. Otros niños, sobre todo los de zonas rurales, nunca habían hojeado un libro hasta ir a la escuela. Había que enseñarles a leer en primero; y nos exasperaba que tuvieran que ponerse al día. No les hacíamos caso.

Y no fue hasta que, ya crecidos, algunos descubrimos lo que les había ocurrido a los hijos de nuestros sirvientes afroamericanos. En algunas de sus escuelas, los alumnos aprendían a leer de tres en tres: tres niños por cada libro, que probablemente era una cartilla usada de una escuela de niños blancos. Rara vez los veíamos hasta que, de mayores, venían a trabajar para nosotros.

Ahora, setenta y cinco años después, en una sociedad abundante donde la gente tiene ordenadores portátiles, teléfonos móviles, iPods y cabezas huecas como una habitación vacía, sigo con mis libros. La información instantánea no es para mí.

Prefiero buscar en los anaqueles de la biblioteca, porque cuando me esfuerzo para aprender algo, lo recuerdo.

Y, Oprah, ¿te imaginas acurrucarte en la cama para leer de un ordenador? Llorar por Anna Karenina y aterrorizarte con Hannibal Lecter, entrar en el corazón de las tinieblas con el señor Kurtz, que Holden Caulfield te llame por teléfono... Algunas cosas deberían suceder en las suaves páginas, no en el frío metal.

El pueblo de mi infancia ha desaparecido, y con él la mayoría de aquellos jóvenes coleccionistas de libros, incluido el temerario que cambió su serie completa de Seckatary Hawkins por una escopeta que tuvo en su poder hasta que un padre iracundo la recuperó.

Ahora solo quedamos tres y vivimos a cientos de kilómetros de distancia. Seguimos en contacto a través de conversaciones telefónicas de tema recurrente: «¿Cómo has dicho que te llamas?», seguido de «¿Qué estás leyendo?». No siempre lo recordamos.

Con mucho cariño,

Harper

# Índice



## Cuentos



## Ensayos y miscelánea

## Algunos títulos imprescindibles de Lumen de los últimos años

*Fragrancia* | Paul Richardot
*Los templos solemnes* | Glòria de Castro
*Ningún amor está vivo en el recuerdo* | Lara Moreno
*Tres perros salvajes (y la verdad)* | Markus Zusak
*El camino inesperado* | Rebecca Solnit
*Los pasajeros del tren de Hankyū* | Hiro Arikawa
*El diario de Anne Frank (ilustrado)* | Anne Frank y María Hesse
*Los cuentos* | Leonard Michaels
*Cuentos completos* | Eudora Welty
*Los cuentos* | Mavis Gallant
*Cuentos* | Ernest Hemingway
*La casa de los artesanos* | Frédéric Laffont
*Habitaciones separadas* | Pier Vittorio Tondelli
*Las palabras de la noche* | Natalia Ginzburg
*Tres días de junio* | Anne Tyler
*Ayer, hoy y mañana. Mis memorias* | Sophia Loren
*Guardé el anochecer en el cajón* | Han Kang
*Mañana* | Olalla Castro
*Una casa en La Ciudad* | Ilu Ros
*Notas desde el interior de la ballena* | Ave Barrera
*Las personas del verbo. Poesía completa* | Jaime Gil de Biedma
*Furor botánico* | Laura Agustí

*Residencia en la tierra* | Pablo Neruda
*Viaje al amor* | William Carlos Williams
*Gaudete* | Ted Hughes
*Cartas de cumpleaños* | Ted Hughes
*Los niños de altamar* | Virginia Tangvald
*Devociones. Poesía reunida* | Mary Oliver
*Ama de casa* | Maria Roig
*La aventura sin fin. Ensayos* | T. S. Eliot
*¿Por qué ser feliz cuando puedes ser normal?* | Jeanette Winterson
*Las naranjas no son la única fruta* | Jeanette Winterson
*La costurera de Chanel* | Wendy Guerra
*Lo mejor de Mafalda* | Quino
*Agosto es un mes diabólico* | Edna O'Brien
*El caso Rosy* | Alessandra Carati
*En caso de amor* | Anne Dufourmantelle
*Asesinato en la Casa Rosa* | Arantza Portabales
*Desde el amanecer* | Rosa Chacel
*Paul Newman. La biografía* | Shawn Levy
*Niágara* | Joyce Carol Oates
*Solo la esperanza calma el dolor* | Simone Veil
*Victorian Psycho* | Virginia Feito
*El aprendizaje del escritor* | Jorge Luis Borges
*Historia universal de la infamia* | Jorge Luis Borges
*Pelo de Zanahoria* | Jules Renard
*Identidad nómada* | J. M. G. Le Clézio
*Hay ríos en el cielo* | Elif Shafak
*Anatomía de un corazón* | Antonia Bañados
*El viejo en el mar* | Domenico Starnone
*La fiesta prometida. Kahlo, Basquiat y yo* | Jennifer Clement
*Confesiones de una adicta al arte* | Peggy Guggenheim
*Una traición mística* | Alejandra Pizarnik

*La vida según Mafalda* | Quino
*71 poemas. Nueva edición revisada* | Emily Dickinson
*El miedo* | María Hesse
*Luciérnaga (Premio Lumen de Novela)* | Natalia Litvinova
*Día* | Michael Cunningham
*Tu nombre después de la lluvia (Dreaming Spires 1)* | Victoria Álvarez
*Contra la fuerza del viento (Dreaming Spires 2)* | Victoria Álvarez
*El sabor de tus heridas (Dreaming Spires 3)* | Victoria Álvarez
*Cuando cae la noche* | Michael Cunningham
*Las siete* | Rose Wilding
*¿Quién anda ahí?* | Quino
*¡A mí no me grite!* | Quino
*¡Qué presente impresentable!* | Quino
*Mundo Quino* | Quino
*¡Yo no fui!* | Quino
*Potentes, prepotentes e impotentes* | Quino
*Gente en su sitio* | Quino
*Long Island* | Colm Tóibín
*Brooklyn* | Colm Tóibín
*Degenerado* | Chloé Cruchaudet
*Jane Austen investiga* | Jessica Bull
*Nada más ilusorio* | Marta Pérez-Carbonell
*Las olvidadas* | Ángeles Caso
*Universo Mafalda* | Quino
*Obra selecta* | Cyril Connolly
*22 largos* | Caroline Wahl
*El arte de llorar* | Pepita Sandwich
*Novelas* | Flannery O'Connor
*Gadir* | Cristina Cerrada
*Frida Kahlo. Una biografía (edición especial)* | María Hesse

Harper Lee nació en 1926 en Monroeville, Alabama. Es autora de la aclamada novela *Matar a un ruiseñor* (Lumen, 2025), publicada en 1960, por la que recibió el Premio Pulitzer, y que fue llevada al cine con enorme éxito, así como de *Ve y pon un centinela* (Lumen, 2025), escrita en los años cincuenta y no editada hasta 2015. También escribió los cuentos y los textos de no ficción reunidos en *La tierra del dulce porvenir* (Lumen, 2025). Harper Lee fue galardonada con la Medalla Presidencial de la Libertad. Murió el 19 de febrero de 2016.